AF290591

Landeanflug ins Glück

Lovely Hearts 1

Katherine Dolann

© 2019
likeletters Verlag
Inh. Martina Meister
Legesweg 10
63762 Großostheim
www.likeletters.de
info@likeletters.de

Autorin: Katherine Dolann
Cover: © Bigstockphotos.com / Zeferli
created with Canva
www.canva.com

ISBN: 9783946585213

*Dies ist eine frei erfundene Geschichte.
Ähnlichkeiten mit real existierenden Personen sind
zufällig und nicht beabsichtigt.*

Inhaltsverzeichnis

Absagen

Schon wieder eine Absage. Enttäuscht starrte Ariane auf das Schreiben. Mit dem Brief noch in der Hand, hängte sie Jacke und Handtasche an die Garderobe im Flur, zog wie in Trance ihre Schuhe aus und legte sich, so wie sie war, mit ihrer Kleidung aufs Bett und schloss die Augen. Sie wollte von dem allem nichts mehr wissen. Doch kaum verdrängte sie die erneute Niederlage, erschien in ihrem Inneren das Bild von jenem Tag vor einem Jahr, als alles begonnen hatte.

An einem Donnerstag, September 2016

«Frau Sommerfeldt, Sie sollen sich bitte bei Herrn Dr. Lauinger melden», sagte Frau Schöffel, die Chefsekretärin, als Ariane aus der Mittagspause zurückkam.
«Was will er denn?», fragte Ariane, doch die Chefsekretärin zog nur vieldeutig ihre Augenbrauen hoch und kniff die Lippen zusammen.
Was sollte das denn bedeuten?

Doch die Antwort ließ nicht lange auf sich warten.

«Nehmen Sie bitte Platz», sagte Herr Dr. Efraim Lauinger, als Ariane das Büro ihres Chefs betrat.

Er nickte ihr freundlich zu, griff sich jedoch dann in den engen Hemdkragen, als bekäme er nicht genug Luft.

Ariane versuchte, das ungute Vorgefühl zu verdrängen, das bei dieser Geste in ihr aufstieg.

«Wie Sie wissen, haben wir immer mit offenen Karten gespielt», begann er.

Sie nickte. Er meinte ihre zahlreichen befristeten Verträge. Vor vielen Jahren war sie nach einer Reihe von Computerkursen vom Arbeitsamt in ein Praktikum bei der Lauinger GmbH & Co. KG vermittelt worden. Das mittelständische Unternehmen produzierte und vertrieb Bauteile für industrielle Hochöfen. Nicht gerade eine *hoch*interessante Arbeit, aber eine Arbeit. Nachdem Ariane sich bewährt hatte, bot man ihr die Krankheitsvertretung für eine ältere Kollegin im Vorzimmer des Chefs an, die sie dankbar annahm. Als Assistentin der Chefsekretärin erledigte sie einfache Büroarbeiten. Danach war sie von einer Befristung zur nächsten übergegangen; die ältere Kollegin war nicht wiedergekommen, hatte jedoch auch nie gekündigt. Wie das gehen konnte, war Ariane schleierhaft, doch sie fragte nicht weiter nach. Sie war froh über ihren Arbeitsplatz und machte sich keine Sorgen über ihre Zukunft.

Herr Lauinger räusperte sich.

«Wir waren mit Ihrer Arbeit immer sehr zufrieden.»

Ariane sah ihn erwartungsvoll an.

Bekam sie etwa doch noch einen unbefristeten Vertrag?

Warum dann aber das Herumgedruckse?

«Sie wissen ja, dass wir Sie als Krankheitsvertretung für Frau Eberlein eingestellt hatten.»

Ariane nickte erneut.

«Wir haben uns immer bemüht, Ihre Stelle aufrechtzuerhalten. Doch die Zeiten sehen in unserer Branche nicht gut aus. Sie wissen sicher, dass viele Hochöfen stillgelegt werden oder gar abgerissen.»

Arianes Mund wurde trocken und ihr Herz begann, schneller zu schlagen.

«Nun, lange Rede, kurzer Sinn – Frau Eberlein ist vergangene Woche in den Ruhestand getreten. Das bedeutet, es besteht rechtlich keine Notwendigkeit mehr, diese Stelle aufrecht zu halten.»

Ariane fragte sich, wo bei all dem die Logik war, doch offenbar glaubte er an das, was er sagte.

«Was ich damit sagen will, ist», er räusperte sich, «dass wir Ihren jetzigen Vertrag nicht mehr verlängern werden.»

«Aber …»

«Ich weiß, was Sie sagen wollen, und ich kann nur sagen, es tut uns sehr leid. Aber so sieht es aus.»

Herr Lauinger zog bedauernd die Schultern hoch.

«Aber es gibt doch Arbeit», sagte Ariane aufgebracht. «Wir haben doch Arbeit für zwei im Vorzimmer.»

«Bisher noch, ja. Ab Januar werden zwei unserer besten Kunden aus Belgien und Frankreich ihre Arbeit einstellen. Damit fehlen uns wichtige Einnahmen.»

Er schüttelte bedauernd den Kopf.

«Es tut mir sehr leid. Wir haben Sie immer gern hier gehabt. Aber da ist nichts zu machen.»

Er öffnete bereits eine Aktenmappe, als wollte er andeuten, dass das Gespräch zu Ende sei.

«Bis wann kann ich denn noch bleiben?»

«Ihr Vertrag läuft Ende September aus.»

«Aber – das hätten Sie mir doch früher sagen müssen!»

«Ja, das ist nicht so glücklich gelaufen, noch einmal, es tut mir wirklich leid. Aber die Stilllegung der beiden Werke sowie Frau Eberleins plötzlichen Übergang in den Ruhestand konnten wir nicht vorhersehen.»

«Bekomme ich dann eine Abfindung?»

Überrascht sah Herr Lauinger Ariane an. Sie war selbst erstaunt, wo dieser Gedanke plötzlich herkam. Doch erneut schüttelte ihr Chef den Kopf.

«Dafür fehlen uns die Mittel. Und Ihr Vertrag war befristet; Sie haben daher keinerlei Anspruch auf eine Abfindung.»

«Aber ich kann mich ja nicht mal mehr rechtzeitig arbeitslos melden.»

«Dafür finden wir schon eine Lösung. Notfalls schreiben wir Ihnen etwas, damit Sie

Ihre Ansprüche auf Arbeitslosengeld nicht verlieren.»

Ab diesem Moment konnte Ariane gar nichts mehr sagen. Sie war zutiefst getroffen. Von einer Sekunde auf die andere brach ihr ganzes Leben zusammen.

Wie schon einmal.

«Es steht Ihnen natürlich frei, in den nächsten drei Wochen Ihren Resturlaub zu nehmen, wenn Sie möchten. Wie Frau Schöffel mir sagte, haben Sie noch fünfzehn Tage von Ihrem Jahresurlaub übrig. Der Urlaub steht Ihnen selbstverständlich zu.»

Das bedeutete, dass sie am folgenden Tag praktisch zum letzten Mal überhaupt im Büro wäre. Das konnte doch alles nicht wahr sein.

Warum passierte ihr schon zum zweiten Mal so etwas?

Herr Lauinger erhob sich.

«Selbstverständlich bekommen Sie von uns auch ein einwandfreies Zeugnis. Damit werden Sie leicht eine andere Arbeit finden.»

Wie betäubt stand Ariane auf und verließ das Büro. Den bedauernden Blick in ihrem Rücken sah sie nicht mehr.

Seit jenem Tag hatte Ariane Bewerbung um Bewerbung geschrieben, ohne den geringsten Erfolg. Wenn sie überhaupt eine Antwort bekam, regnete es Absagen. So wie heute. Dabei hatte sie gerade bei dieser Stelle so große Hoffnung gehabt. Wenn sie diesen Posten in einer renommierten Institution bekommen hätte, hätte sie ausgesorgt gehabt. Deshalb hatte sie sich dort beworben, obwohl die Unterlagen sogar per Post eingereicht werden sollten. Ariane fand das altmodisch und umständlich. Sonst bewarb sie sich nicht auf solche Stellen. Doch dieses Angebot hatte so gut geklungen, dass sie sich ausnahmsweise die Mühe mit einer echten Bewerbungsmappe gemacht hatte. Wie sich jetzt herausstellte, jedoch völlig umsonst.

Ohne Angabe von Gründen war sie wieder einmal *nicht* diejenige, die den Posten bekam. *Was hatten die anderen bloß, das sie nicht hatte?* Wie so oft fragte sich Ariane, ob es daran lag, dass sie keine Ausbildung hatte. Die ganze schöne Berufserfahrung, die sie inzwischen besaß, war offensichtlich nicht genug. Oder war sie zu alt? Das glaubte sie nicht. Sie war erst fünfunddreißig. Das war ja kein Alter.

Benommen erwachte Ariane aus ihrem Mittagsschlaf. Sie war tatsächlich eingeschlafen; der Brief mit der Absage lag zerknittert halb unter ihr. Erneut überfiel sie der Stich der Absage und sie fühlte sich so deprimiert wie seit langem nicht. Sie versuchte noch eine kurze Weile, allein damit klar zu kommen, doch dann rief sie ihre Freundin Gess an.

Eigentlich hieß sie Gesine, doch niemand nannte sie so. Seit der Schulzeit trug sie den Spitznamen Gess, eine Mischung aus der Kurzform ihres Namens und des englischen *guess* weil sie, seit sie das Wort im Unterricht gelernt hatte, jeden zweiten Satz begann mit *Guess what?* Seit der Schule waren sie eng befreundet, und wenn Gess nicht gerade mit ihrem turbulenten Liebesleben beschäftigt war, war sie tatsächlich die beste Freundin, die Ariane sich vorstellen konnte. Gess sagte auch sofort zu, und so fuhr Ariane zu ihr. In der geöffneten Wohnungstür fielen sie sich in die Arme.

«Hallo!»

«Welche Laus ist dir denn über die Leber gelaufen?», fragte Gess. «Aber komm erst mal rein.»

«Ich habe wieder eine Absage bekommen», sagte Ariane frustriert, während sie ins Wohnzimmer gingen. «Ich weiß nicht, was ich noch machen soll. Diesmal hatte ich ein echt gutes Gefühl. Ich habe total die Nase voll von der ständigen Bewerberei. Bis jetzt hatte ich gerade mal *drei* Vorstellungsgespräche. Aber auch da hat ja nichts geklappt.»

Gess sah sie nachdenklich an.

«Ich weiß nicht mehr, wie viele Bewerbungen ich in den letzten Monaten geschrieben habe. Das Arbeitsamt schickt mir auch dauernd irgendwelche möglichen und unmöglichen Vorschläge, aber ich bin bald mit meinem Latein am Ende. Was stimmt denn bloß nicht mit mir?», fragte Ariane den Tränen nahe.

Gess setzte sich neben sie und legte den Arm um sie. «Alles stimmt mit dir. Sei nicht traurig. Das richtige Angebot kommt bestimmt noch.»

«Es war doch alles in Ordnung, so, wie es war. Warum konnte es denn nicht so bleiben?», haderte Ariane mit ihrem Schicksal. «Ich hatte wirklich geglaubt, dass ich es geschafft habe. Nach allem was war.»

«Denk nicht mehr daran», sagte Gess. «Es wird bestimmt alles gut. Ich glaube ganz fest daran, nein, ich weiß es.» Sie strich ihrer Freundin übers Haar. «Du hattest es ja auch geschafft. Mach es jetzt nicht schlecht, nur weil irgendwelche Arbeitgeber nicht sehen können, was sie an dir haben.»

Sie stand auf, holte aus der Küche einen Beutel Saft und zwei Gläser und schenkte ein.

«Ich konnte zwar keine großen Sprünge machen», fuhr Ariane fort, «aber es hat zum Leben gereicht. Mehr erwarte ich gar nicht. Warum kann ich denn nicht dieses kleine, einfache Glück behalten?»

Sie hatte jetzt wirklich Tränen in den Augen.

«Es war schwer genug, mir das nach der Scheidung aufzubauen. Aber jetzt ...»

Sie begann zu weinen.

Gess rutschte ganz nah zu ihrer Freundin und nahm sie in die Arme. Eine Zeitlang ließ sie sie einfach weinen. Als Ariane sich langsam beruhigte, kam Beppo, der derzeitige Partner von Gess, ein Italiener. Als er Arianes Verfassung sah und Gess ihm nur einen vieldeutigen Blick zuwarf, verzog er sich in die Küche und kreierte für alle eine wunderbare Pasta, die sogar Arianes Stimmung ein wenig anhob.

«Du bleibst heute Nacht hier», sagte Gess und legte ihre Hand auf die von Ariane. Dann sah sie zu Beppo hinüber, der es gut verbarg, falls er enttäuscht war.

«Ist schon gut, ich bin gleich weg», sagte er. «Sagt Bescheid, wenn ihr mich braucht.»

«Nein, nein, du brauchst nicht gehen», wehrte Ariane ab. Sie wollte den beiden nicht im Weg sein. «*Ich* lasse euch allein. Es wird schon wieder.» Sie versuchte zu lächeln. «Vielen lieben Dank für das wunderbare Essen. So etwas hilft tatsächlich manchmal.»

Sie stand auf, doch Gess zog sie wieder auf den Stuhl zurück.

«Nichts da, du bleibst heute Nacht hier. Es macht Beppo nichts aus, uns allein zu lassen. Nicht wahr, Bep?», fragte sie, wobei die Anweisung in ihrer Stimme und ihrem Gesichtsausdruck unmissverständlich war.

«Nein, natürlich nicht», sagte er und es klang nur dezent beleidigt. «Ich hab' ja schon gesagt, ich bin gleich weg.»

Damit stand er auf, gab Gess einen Kuss und ging.

«Es tut mir leid», sagte Ariane mit ehrlichem Bedauern. «Ich falle überall nur zur Last.»

«Das ist ja Quatsch», sagte Gess. «Du fällst niemandem zur Last und mir schon gar nicht. Bep und ich haben uns die ganze letzte Woche dauernd gesehen. Wenn er wollte, würde er hier einziehen. Da tut uns eine kleine Pause mal ganz gut. Vielleicht *wollte* ich ja, dass du hierbleibst, aus rein egoistischen Gründen.»

Gess grinste.

Diesmal musste Ariane wirklich lächeln. «Du bist lieb. Dankeschön.» Sie trank einen Schluck Wasser. «Was ist denn mit Beppo? Was hast du dagegen, dass er einzieht, falls er das wirklich will? Ein Mann, der so kochen kann, kann so falsch nicht sein.»

«Das stimmt zwar, aber das allein ist nicht das entscheidende Kriterium.»

«Und was ist das entscheidende Kriterium?», fragte Ariane neugierig.

Gess zögerte.

«Naja. Ich weiß auch nicht. Dass man eben irgendwie das Gefühl hat, dass es der Richtige ist. Oder etwa nicht?»

Ariane zuckte mit den Schultern. «Ich weiß nicht. Wie du weißt, lag ich damit ja bereits einmal vollkommen daneben.»

Gess nahm den Hinweis wahr und reagierte sofort. «Ich habe mir vorhin schon gedacht, dass du gerade wieder mit den alten Gespenstern kämpfst. Deshalb wollte ich auch, dass du heute hierbleibst.»

Dankbar sah Ariane ihre Freundin an. «Was würde ich ohne dich machen?»

Gess lächelte. «Willst du darüber sprechen?»

Ariane schüttelte den Kopf. «Was soll das bringen? Wir haben doch schon so oft darüber geredet. Vielleicht werde ich meine Vergangenheit ewig mit mir herumschleppen.»

«Das wirst du nicht!», sagte Gess energisch, stand auf und zog Ariane mit sich hoch. «Hast du Lust, tanzen zu gehen?»

Ariane sah sie überrascht an.

«Wenn du schon nicht reden willst, dann können wir die Gespenster vielleicht tanzend vertreiben», sagte Gess.

«Wenn du meinst …», sagte Ariane langsam. Eigentlich hatte sie in ihrer jetzigen Verfassung überhaupt keine Lust wegzugehen.

Doch Gess' Entschlossenheit war wenig entgegenzusetzen. «Ja, das meine ich.»

Zwei Stunden lang wurde Ariane in der Disco, die sie besuchten, tatsächlich besser abgelenkt und auf andere Gedanken gebracht, als sie es erwartet hatte. Auch das Tanzen half auf besondere Weise. Ihren Körper wieder zu spüren, den sie beinahe vergessen hatte, zusammen mit der rhythmischen Musik im Ohr, tat einfach gut. Mal weg von der ständigen quälenden Grübelei, zurück zur Lebensfreude, einfach so, aus dem Moment heraus. Tatsächlich brauchte es dafür nicht viel. Man musste sich nur mal kurz überwinden. Während Ariane tanzte, war sie ihrer Freundin sehr dankbar.

Nachdem sie wieder in Gess' Wohnung waren, wo Ariane ein Schlaflager auf dem Sofa bekam, ging Gess bald ins Bett. Doch

Ariane lag noch lange wach. Seit Monaten hatte sie dagegen angekämpft und versucht, jeden aufsteigenden Impuls zu unterdrücken, doch jetzt kam alles wieder hoch. Warum nur? War sie nicht seit langem darüber weg? Was war nur los, dass sie sich jetzt fast so schlecht fühlte wie damals?

Schließlich gab sie auf und ließ zu, dass ihr Geist in eine Zeit zurückkehrte, die sie am liebsten aus ihrem Leben gelöscht hätte.

Betrogen

Im Alter von sechzehn Jahren hatte Ariane Sommerfeldt die Schule mit einem mittleren Bildungsabschluss beendet und danach als Bedienung in einem Straßencafé angefangen. Eigentlich sollte es nur ein Nebenjob für die Sommermonate sein, doch sie war heimlich in den Barkeeper verliebt und blieb. Und obwohl der coole Barmann hinter dem Tresen sie nie wahrnahm und ihr der Mut fehlte, ihn anzusprechen, verpasste sie den Moment, in dem sie sich für einen Ausbildungsplatz hätte entscheiden müssen.
Aus dem Nebenjob wurde ein Hauptjob und irgendwann konnte Ariane sich keine andere Arbeit mehr vorstellen. Ihrer Mutter war das gar nicht recht. Wie oft hatte sie ihr gesagt, dass sie nur mit einer anständigen Ausbildung später abgesichert wäre. Ariane wunderte sich manchmal selbst über sich.
Eigentlich passte dieses ‚Hallodri-Leben‘, wie sie es nannte, gar nicht zu ihr. Sie war eher ein bodenständiger Typ. Aber aus irgendwelchen Gründen, die sie nicht

verstand, hatte ihr Leben eine andere Wendung genommen, als sie es immer erwartet hatte.

Im Sommer bediente sie die Gäste draußen, im Winter im angeschlossenen Bistro. Sie genoss die Freiheit, keine Schule mehr besuchen zu müssen und machen zu können, was sie wollte. Sie machte sich keine Gedanken darüber, was irgendwann einmal aus ihr werden sollte.

Mit achtzehn lernte sie Eberhard kennen, einen attraktiven Arzt, der zehn Jahre älter war als sie. Er machte sie zur Frau, im wahrsten Sinne des Wortes. Körperlich, emotional, sogar ihren Kleidungsstil und ihre Frisur veränderte er. Zwei Jahre lang ging sie in seinem 150qm - Loft ein- und aus, dann gab sie ihre Wohnung auf und zog ganz zu ihm. Ein weiteres Jahr später heirateten sie. Ariane war einundzwanzig.

Sie dachte, dass ihr Leben nun seine festgefügte Ordnung gefunden hatte, die bislang vielleicht fehlte. Mit Eberhard war die Sicherheit gekommen. Mit ihm erlebte Ariane zwar keine emotionalen Hochs, und sie hätte nicht sagen können, ob er ihre große

Liebe war (dazu fehlten ihr auch die Vergleiche), doch es gab auch keine Tiefs. Sie hatte ohnehin nie viel erwartet und mit Eberhard war das Leben einfach, um nicht zu sagen, bequem. Sie brauchte sich um nichts zu kümmern, außer den Hausangestellten ein paar Anweisungen zu geben; sie gab ihre Arbeit als Bedienung auf, und war nur noch für ihren Mann da. Es war ein sorgloses Leben mit schönen Reisen, eleganter Kleidung und teurem Schmuck. Wenn ihr etwas fehlte, dachte sie nicht weiter darüber nach, sondern ging ein neues Accessoire für die Villa kaufen, die sie inzwischen bewohnten. Oder sie traf sich mit Gess zu einem Kaffee. Dabei dachte Ariane jedes Mal, wenn ihre Freundin wieder mit Liebeswirren zu kämpfen hatte, wie froh sie selbst darüber war, keine derartigen Gefühlsstürme aushalten zu müssen.

Bis sie eines Nachmittags doch in einen Sturm geriet.

Sie war mit Gess über ein verlängertes Wochenende nach Paris gefahren, ein Geburtstagsgeschenk von Eberhard. Ariane hatte sich wirklich auf die Reise gefreut, doch ihre Freundin befand sich mal wieder an einem heiklen Punkt einer ihrer vielen Kurzzeitbeziehungen.

Felipe, ein spanischer Künstler, wollte bald in seine Heimat zurückkehren, und Gess litt unter unsäglichem Liebeskummer. Sie war so unruhig, dass die einzige Umgebung, die sie wahrzunehmen schien, aus dem Display ihres Handys bestand.

Schließlich fuhren die beiden Frauen schon in der Nacht zum Sonntag wieder zurück. Als Ariane am frühen Sonntagmorgen nach Hause kam, wunderte sie sich über einen roten Porsche in der Auffahrt. Der Wagen kam ihr vage bekannt vor, doch ihr fiel nicht ein, wem er gehörte. Warum stand er um diese Zeit in der Einfahrt? Ihr Herz schlug schneller. Mit einer dunklen Vorahnung trug sie ihren Rollkoffer die letzten Meter bis zum Haus, um keinen Lärm zu machen, und schloss leise die Tür auf. Ebenso geräuschlos zog sie die Schuhe aus und schlich sich voran. In der Küche standen die Reste eines Essens mit zwei benutzten Tellern sowie eine leere Flasche Wein.

Was war hier los?

Im Wohnzimmer sah alles so aus wie immer – bis auf eine weitere angebrochene Flasche Wein und zwei nicht ganz geleerte Weingläser. Arianes Herz klopfte noch heftiger, während sie die Luft anhielt. Alle ihre Sinne waren hellwach. Auf Zehenspitzen stieg sie die Treppe nach oben. Obwohl sie sich seltsam vorkam, so dramatisch wie in einem Film zu handeln, gaben die Indizien ihr das Recht dazu.

Die Tür zum Schlafzimmer war nur angelehnt; sacht stieß sie sie auf. Im Bett lag Eberhard – und in seinem Arm, an seiner Brust hielt er eine Frau mit langen roten Haaren. Es war kein natürliches orangeähnliches Rot, sondern ein künstlich gefärbtes Rot, das eher an die Farbe des Sportwagens erinnerte, vielleicht einen Tick dunkler. Auf jeden Fall äußerst auffällig.

Sie schliefen, und soweit die Decke diese Vermutung zuließ, waren beide nackt. Die Haare der Frau flossen über Eberhards Brustkorb und Ariane kamen sie vor wie ein glühendes Feuer, das um sein Gesicht loderte. Gefühlte zwei Minuten lang stand sie da und starrte das Bild an. (In Wirklichkeit waren es kaum mehr als einige Sekunden.) Sie konnte nicht glauben, dass ihr so etwas passierte. Mehr als auf dem Weg nach oben kam sie sich wie die Darstellerin eines Films vor.

Das war nicht sie, der so etwas passierte.

Gleich würde der Regisseur sagen «Cut! Alles auf Anfang!», alle würden lachen und sich räkeln und die Szene noch einmal spielen.

Alles in ihrem Leben war perfekt gewesen. Sie war die perfekte Ehefrau, mit dem perfekten Ehemann, in einem perfekten Haus. Nur Kinder hatten noch gefehlt, die sich trotz ihrer Bemühungen noch nicht eingestellt hatten. Aber sie hatte immer geglaubt, das käme alles noch. Stattdessen kam – *sie.*

Ariane wusste jetzt, wem der rote Porsche gehörte. Lara Held, einer Kollegin von Eberhard. Einer, wie alle sagten, ,*ausgezeichneten Chirurgin*'. Doch was machte diese ausgezeichnete Chirurgin *in ihrem Bett?*

Ariane wusste nicht, wie sie sich verhalten sollte. Sollte sie schreien? Aber was würde das bringen? Es ergäbe nur eine für alle Beteiligten mehr als demütigende Situation. Beherrscht, wie sie war, ging sie langsam wieder nach unten, stand eine weitere

Ewigkeit verloren im Wohnzimmer herum, sah durch die Terrassentür in den schönen Garten und sah doch nichts. Vor ihrem inneren Auge hing noch das Bild vom Ende ihrer Ehe. Der Eindruck war so intensiv, dass sie meinte, sie würde es ihr Leben lang nicht vergessen.

Plötzlich kam ihr ein Titel in den Sinn: *Der Feuersturm. Untertitel: Das Scheitern meiner Ehe.*

Was für ein beeindruckendes Gemälde.

In diesem Moment wusste Ariane, dass es die Wahrheit war.

Ihre Ehe war gescheitert.

Sie konnte es gar nicht glauben. Grundsätzlich war sie der Meinung, dass jede Ehe in eine Krise geraten konnte und dass das nicht das Ende bedeutete. Zwar hatte sie das nach fünf Jahren noch nicht erwartet, aber es konnte schließlich immer passieren, es konnte jeden treffen. Sie war davon überzeugt gewesen, dass es in so einem Fall Wege aus der Krise geben würde. Das ‚in guten wie in schlechten Tagen‘ hatte sie nicht leichtfertig ausgesprochen, sondern wirklich daran geglaubt, dass sie sich nicht von kleineren oder größeren Schlägen aus der Bahn werfen lassen, sondern zu ihrem Mann stehen würde. Selbst ein Ehebetrug war kein Grund dafür, alles hinzuwerfen – *wenn man sich liebte*, oder wenn es eine Basis für diese Liebe gab.

Doch bei ihnen war die Lage anders. Bei dem fast schönen Bild der fremden Frau an der Brust ihres Mannes war Ariane mit einem Mal klar geworden, dass sie Eberhard nicht liebte. Und zwar absolut und überhaupt nicht. Vielleicht hatte sie ihn nie wirklich geliebt. Deshalb gab es für sie auch keine Hoffnung. Es spielte nicht mal eine Rolle, ob das heute ein einmaliger Ausrutscher oder eine dauerhafte Affäre war (wobei Ariane eher auf Letzteres tippte). Das alles hatte keine Bedeutung, außer ihr auf unsanfte Art mitzuteilen, dass es unwiderruflich aus und vorbei war. Das war so überraschend und gleichzeitig so klar, dass Ariane nicht einmal weinen konnte.

Noch einmal ging sie nach oben, prägte sich das Bild ein, als wollte sie sich vergewissern, dass ihre Erkenntnis richtig war, dass sie keinen Fehler beging. Vielleicht auch für sich selbst. Um nie zu vergessen, warum sie dieses komfortable Leben aufgegeben hatte, noch dazu so überraschend.

Die beiden schliefen immer noch und bekamen nichts mit von dem Kampf, den Ariane mit sich selbst ausfocht. Ihr Gefühl wurde bestätigt – sie konnte hier nicht mehr bleiben. Es würde allem widersprechen, was sie selbst war. So wenig das auch sein mochte, aber *das hier* war sie nicht.

Sie ging in ihr Zimmer, packte ein paar Kleidungsstücke und ein paar persönliche Dinge in eine Umhängetasche, schnappte sich wieder ihren unausgepackten Rollkoffer und verließ das Haus.

Ihre Scheidung war kurz und schmerzlos. Eberhard zeigte sich kooperativ, was die Auflösung ihrer Ehe anging, allerdings nicht beim Geld. Davon sah Ariane nichts. Bei ihrer Hochzeit hatten sie einen Ehevertrag abgeschlossen, der Eberhard von allen Zahlungen freisprach. Ariane hatte es damals guten Glaubens unterschrieben, weil sie ihn nicht wegen des Geldes heiratete, und sowieso dachte, dass sie das nie brauchen würde. Der finanzielle Aspekt war für sie tatsächlich nicht wichtig, wie sie verwundert feststellte. Obwohl sie kaum über eigene Ressourcen verfügte, wollte sie nur diese Ehe hinter sich lassen.

Im Nachhinein hatte sich herausgestellt, dass Eberhard und die attraktive Chirurgin schon über ein Jahr lang liiert waren. Ariane fühlte sich unglaublich belogen und hintergangen. Alles, was sie wollte, war, die Tür hinter sich zu schließen und nie mehr zurückzublicken.

So stand sie da, mit sechsundzwanzig Jahren, geschieden, ohne Arbeit, ohne Ausbildung, ohne Einkünfte. Am Anfang wohnte sie bei Gess, doch das war keine Dauerlösung. Mit aller Kraft stürzte Ariane sich in die Arbeitssuche.

Die Agentur für Arbeit zahlte ihr Kurse für Computerschreiben und den Umgang mit digitalen Programmen und schickte ihr Stellenvorschläge. Immer wieder musste sie sich in Firmen vorstellen, die ihr jedoch bald absagten. Das Arbeitsamt unterstützte sie weiter, auch finanziell, und schließlich bekam Ariane einen Praktikumsplatz bei Lauinger. Ariane hatte einen Job, eigenes Geld, und war so glücklich wie lange nicht.

Die Stellenausschreibung

Mit steifem Nacken wachte Ariane auf. Als sie ein knallbuntes Bild an der Wand gegenüber sah, war sie für einen Moment verwirrt, doch dann erkannte sie Gess' Wohnung und ihr fiel alles wieder ein. Der Gedanke an die Absage quälte sie erneut und unvermindert.

Mühsam setzte sie sich auf, bewegte vorsichtig ihren Hals und Rücken und klopfte ein paar Sofakissen zurecht. Dann stützte sie den Kopf in ihre Hände und starrte auf das Teppichmuster zwischen ihren Füßen. *Wie sollte es nur weitergehen?* Sie musste doch irgendwann wieder eine Arbeit finden. Den Sommer über hatte sie kurze Zeit als Bedienung gejobbt, aber es war nicht mehr wie früher gewesen. Mehrere Male hatte sie sich gefragt, wie sie das so lange ausgehalten hatte. Irgendwie passte es nicht mehr zu ihr.

Sollte sie eine Ausbildung machen? Mit fünfunddreißig?

Am nächsten Tag kaufte Ariane wie jeden Samstag die Wochenendausgabe der Tageszeitung. Obwohl es ein Luxus war, den sie sich kaum leisten konnte, setzte sie sich damit in ihr Lieblingscafé, bestellte eine heiße Schokolade und begann, die Stellenanzeigen zu studieren.

Auf der ersten und zweiten Seite war nichts Passendes dabei. Gegen ihren Willen begann ihre Stimmung schon wieder unmerklich abzusacken, da geschah etwas Außergewöhnliches. Als sie die dritte Seite aufschlug, wurde ihr Blick magisch angezogen von einer Anzeige in der unteren Ecke. Es war, als hätte jemand alle anderen Stellenangebote grau unterlegt und nur von dieser einen Anzeige ging ein seltsam anziehendes Licht aus. Neugierig las Ariane den Text:

Gesellschafterin für Privathaushalt gesucht

Für Herrn mittleren Alters (kein Sex!). Unterstützung im Alltag, geringfügige Betreuungsaufgaben, Begleitung zu kulturellen Veranstaltungen, Spazierfahrten,

Gespräche. Keine Pflege, keine Hausarbeit, nur leichte Tätigkeiten.

Unabdingbar: Sympathie und Vertrauen.

Voraussetzungen: Umgängliches Wesen, Zuverlässigkeit, gute Umgangsformen, Bereitschaft, im Süden Englands auf dem Land zu leben, mittelgute Englischgrundkenntnisse. Vorteilhaft, jedoch nicht Bedingung: PKW-Führerschein, Tierliebhaberin.

Vollzeitposition in Festanstellung. Beginn zum nächstmöglichen Zeitpunkt (je früher, desto besser). Unterkunft und Verpflegung frei, großzügige Bezahlung.

Anreise zum Kennenlernen wird erstattet. Muttersprachliche Bewerber aus Deutschland bevorzugt. Zeugnisse erbeten, jedoch entscheidet die Sympathie.

Bewerbungen mit den üblichen Unterlagen bitte an ellton@mail.com

Ein Kribbeln erfasste Ariane.

Das war es! Das war *die Chance,* auf die sie gewartet hatte! Das war *ihr Job!*

Sie war so aufgeregt, dass sie sofort Gess anrief, doch die antwortete nicht. Wahrscheinlich kuschelte sie noch mit Beppo.

Ariane schrieb ihr eine SMS: «Ruf mich an! Ich habe den TOPJOB! Den Jackpot! Ich gehe nach England!!!!! :-)»

Danach versuchte sie, anstandshalber die restlichen Stellenanzeigen zu lesen, konnte sich jedoch auf nichts mehr konzentrieren. Als sie es weiter versuchte, meldete sich ein leises Pochen in den Schläfen, wie ein Vorbote von Kopfweh. Da ließ sie es.

Wieder und wieder las sie die Anzeige. Warum suchten sie jemand aus Deutschland? *Und was war das für ein Herr?* Auf jeden Fall war es eine einfache Arbeit, die sie definitiv machen konnte. Und sie war hübsch, ein weiterer Pluspunkt. *Nur was, wenn es ein alter Griesgram war?* Dann wäre es vielleicht doch nicht so lustig. Ach was. Ariane schob die Meckerer aus ihrem Inneren beiseite. Dann zahlte sie und eilte nach Hause.

Sie musste eine Bewerbung schreiben!

Sie war gerade mitten im Anschreiben, als es an der Tür klingelte. Verwundert öffnete

Ariane. Vor ihrer Wohnung stand Gess, nach Luft schnappend. Offenbar war sie die Treppen hochgerannt.

«Bist du jetzt völlig verrückt geworden?», rief Gess, kaum, dass sie wieder atmen konnte.

«Hallo erstmal», sagte Ariane, während ihre Freundin sie beiseite drängte und in die Wohnung stürmte.

«Entschuldige, hallo.» Gess grinste angestrengt. Es sah nicht wirklich fröhlich aus. «Bitte sag mir sofort, dass das ein schlechter Scherz war. Beppo wollte, dass ich da bleibe und dich anrufe, aber ich sagte, du schreibst sowas nicht einfach so. Ich hab' mich so aufgeregt, dass ich herkommen musste.»

«Jetzt beruhig dich erstmal. Noch bin ich ja da.»

«Aber du meinst es ernst?»

Ariane nickte. Dabei folgte sie eher ihrem Gefühl als einer rationalen Entscheidung.

«Was ist das für eine Arbeit? Und wieso hast du so plötzlich schon eine Zusage? Vorgestern hast du mir noch die Ohren vollgeheult. Da hast du kein Wörtchen davon gesagt, dass du morgen auswandern willst. Und jetzt auf einmal?» Gess ließ sich aufs Sofa fallen.

«Ich hatte ja selbst keine Ahnung. Es kam alles sehr überraschend. Heute Morgen habe ich erst die Anzeige gelesen.» Ariane holte die zusammengefaltete Zeitungsseite von ihrem Tisch.

Gess starrte sie entgeistert an. «Du hast noch gar keine Zusage?»

Langsam schüttelte Ariane den Kopf. «M-m.»

Gess stieß einen kurzen Schrei aus.

«Und deshalb hetzt du mich durch die ganze Stadt? Am Samstagmorgen? Ich könnte mich jetzt noch selig mit Beppo in den Kissen wälzen! Mensch!» Wütend sah sie Ariane an. «Wieso machst du dann so ein Tamtam, wenn noch gar nichts dingfest ist?»

«Weil ich weiß, dass es das ist. *Ich fühle es.*»

Ariane legte eine Hand auf ihr Herz. Sie wunderte sich selbst darüber, woher sie die Gewissheit nahm. «Hier, lies selbst.»

Sie reichte Gess die Anzeige.

Für eine Minute war Stille. Dann ließ ihre Freundin das Zeitungsblatt sinken. «Du *musst* verrückt sein. Dafür willst du nach England fliegen? Wer weiß, was das für einer ist. Und warum will er überhaupt jemanden aus Deutschland? Damit keiner nach dir sucht?»

Sie schüttelte den Kopf und gab Ariane die Anzeige zurück. «Das kann nicht dein Ernst sein.»

«Warum nicht?» Langsam wurde auch Ariane wütend. «Der Job klingt supereasy! Keine Hausarbeit, keine Pflege, nur mit ihm spazieren gehen und mit ihm sprechen, ihn zu Veranstaltungen begleiten. Das ist ein Witz, keine Arbeit! Und ich wollte schon immer mal nach England. *Der Süden!*» Ein träumerischer Ausdruck zog über ihr Gesicht. «Vielleicht sogar am Meer!»

Gess rümpfte die Nase. «'Auf dem Land', stand da. Das ist nicht am Meer. Ich glaube, du machst dir völlig falsche Vorstellungen. Du hast zu viele Filme gesehen und jetzt hast du irgendwelche wer weiß wie romantische Bilder im Kopf von einem Schlossherrn, der sich in dich verliebt! In Wirklichkeit wird es ein alter Eigenbrötler sein, der keinen Kontakt zur Außenwelt hat, in einem völlig heruntergekommenen Cottage lebt, wo du spätestens nach drei Wochen völlig vereinsamt und frustriert bist. Wenn du

Glück hast, gibt es noch eine mürrische Hauswirtin und einen tauben Gärtner. Ich kann's mir lebhaft vorstellen.» Sie hielt inne, dann fiel ihr noch etwas ein. «Und irgendwie ist die Anzeige doch auch seltsam geschrieben.

‚Mittelgute Englischgrundkenntnisse‘ – was soll das denn heißen? So redet doch niemand.»

«Vielen Dank fürs Gespräch.» Ariane war kurz davor, enttäuscht zu sein. «Statt, dass du dich mit mir freust.» Doch sie war auch hartnäckig. Wenn sie einmal etwas wollte, blieb sie dabei. «Das mit der Sprache bedeutet doch nur, dass man nicht in Oxford studiert haben muss, sondern sich eben verständigen können soll, und das kann ich. Wahrscheinlich schreiben sie nicht jede Woche so eine Anzeige; das spricht doch eher für und nicht gegen sie. Und wenn er so zurückgezogen leben würde, wie du tust, würde er nicht zu kulturellen Veranstaltungen gehen. Auch dass sie die Anreise zum Vorstellungsgespräch bezahlen, finde ich super. Egal, ob es klappt oder nicht, sie bezahlen mir eine Reise nach England! Ich finde, das alles klingt so richtig gut. Und hast du mal die Bezahlung gesehen? Unterkunft und Verpflegung sind frei, plus großzügige Bezahlung! Das heißt, ich brauche dort so gut wie kein Geld, und kann mir leicht etwas zusammensparen. Und das dafür, dass ich kaum arbeiten muss!»

«Papier ist geduldig. Wahrscheinlich hatte er gerade die Nase voll vom Spinnweben abwischen», sagte Gess.

«Du willst es einfach nicht verstehen. Ich habe es im Gefühl – *es ist richtig.*»

«Ich kenne dein Gefühl. Du hast genug von der Arbeitssuche und willst aus allem ,raus. Und ich kann dich sogar verstehen. Aber glaub mir – das hier ist *nicht* die Lösung.» Gess sah Ariane fest in die Augen. «Kannst du nicht noch ein bisschen warten?» Es klang fast flehentlich. «Du findest bestimmt hier was.»

«Ich suche schon seit einem Jahr. Weißt du, wie lange ein Jahr sein kann, wenn man sucht und sucht, aber nicht findet?» Arianes wirkte resigniert. «Seit wann habe ich keinen richtigen Lebensinhalt, ich weiß es gar nicht. Eigentlich, glaube ich, hatte ich noch nie einen. Weder im Bistro, noch mit Eberhard, und auch die Arbeit bei Lauinger hat mich nie wirklich erfüllt. Jahrelang habe ich vor mich hingelebt, aber hatte dabei immer das Gefühl, dass etwas Wesentliches fehlt.»

Gess sah sie betroffen an. «Das wusste ich nicht.»

«Ich wusste es ja selbst nicht. Irgendwie wird es mir gerade erst so langsam klar. Es wird Zeit, dass ich herausfinde, was ich wirklich will. Es muss noch mehr geben, als Tag für Tag vor sich hinzuvegetieren.» Als sie erneut sprach, klang ihre Stimme selbstsicherer. Ein aufmerksamer Beobachter hätte jedoch bemerken können, dass sie sich gar nicht so stark fühlte, wie sie tat. «Ich werde mich auf jeden Fall dort bewerben. Ich habe nichts zu verlieren. Und wenn sie mich einladen, fliege ich hin und sehe es mir an.»

Gess' Miene wurde traurig. «Und was ist mit mir? Zähle ich gar nicht?»

Eine Woge der Zuneigung überkam Ariane. Innig nahm sie ihre Freundin in die Arme und drückte sie an sich.

«Natürlich zählst du. Ich werde dich schrecklich vermissen. Aber ich kann mir

diese Chance nicht entgehen lassen. Und wenn sie mich wirklich nehmen, hoffe ich sehr, dass du mich besuchen kommst.» Sie lächelte. «Du kannst ja Beppo mitbringen.»
Gess lächelte schief. Sie versuchte, sich ihre Verzweiflung nicht anmerken zu lassen, denn sie war mehr als aufgewühlt. Ariane war ihre einzige und beste Freundin. Ohne sie fühlte sie sich manchmal wie verloren. Nur bei ihr hatte sie so etwas kennengelernt wie Heimat, eine Zugehörigkeit, die sie bei ihren Partnern bisher vergeblich gesucht hatte. Doch jetzt wollte ihre einzige Festung sie verlassen.
Als hätte Ariane ihre Gedanken gelesen, sagte sie: «Ich verlasse dich nicht. Es ist ja nicht für immer. Möglicherweise mal für ein Jahr. Bis dahin finde ich vielleicht heraus, was ich will und komme mit neuen Ideen zurück. Auf jeden Fall verspreche ich dir, dass du mich nicht verlieren wirst.»
«Wirklich?»
«Versprochen.»
«Sehr geehrte Frau Sommerfeldt, wir danken Ihnen sehr für Ihr Interesse an der ausgeschriebenen Stelle ...», *doch bedauerlicherweise müssen wir Ihnen mitteilen,*

dass wir uns für eine andere Bewerberin entschieden haben.

So oder so ähnlich lautete seit Monaten jedes Antwortschreiben. Ariane wollte es gar nicht wissen und klickte die Mail frustriert wieder weg, bevor sie sie ganz gelesen hatte. Enttäuschung machte sich in ihr breit. Sie hatte sich schon im Flugzeug nach England gesehen.

Doch nachdem sie zwei Werbemails gelesen hatte, dachte sie, wenn sie schon eine Absage bekam, wollte sie es auch wissen, und öffnete die Mail erneut.

Von: ellton@mail.com
An: Arina20@gmx.de
Betreff: Ihre Bewerbung

Sehr geehrte Frau Sommerfeldt,

wir danken Ihnen für Ihr Interesse an der ausgeschriebenen Stelle.

Ihre Bewerbung hat uns gefallen. Wir möchten Sie gerne kennenlernen und würden uns sehr freuen, Sie alsbald bei uns begrüßen zu dürfen. Wir befinden uns in Staverton (bei Totnes) in der Grafschaft Devon im Süden Englands.

Bitte buchen Sie den nächstmöglichen Flug nach Bristol. Von dort aus nehmen Sie am besten den Überlandbus nach Paignton. Sobald Sie Ihren Flug haben, können Sie auch Ihre Busfahrt übers Internet buchen. Bitte teilen Sie uns baldmöglichst Ihre Ankunftszeit in Paignton mit. Sie werden dort abgeholt.
Wenn Sie noch Fragen haben, melden Sie sich gerne.

Es grüßt Sie herzlich,
Eliza Livingston

Es grüßt Sie herzlich, Eliza. Ariane lachte über das ganze Gesicht. *Ich grüße Sie auch, Eliza! Ich grüße Sie!*
Ariane sprang vom Stuhl auf und tanzte durchs Zimmer. Immer wieder lachte sie und jubelte innerlich, ballte vor Freude die Fäuste in Siegerpose und tanzte weiter.

Erst eine Stunde später rief sie Gess an. «Sie nehmen mich!» Ariane konnte die Freude nicht unterdrücken.

«War ja klar.» Gess war nicht begeistert. «Herzlichen Glückwunsch.»

«Danke.» Ariane war zu glücklich, um es Gess übelzunehmen.

«Wann fliegst du?»

«Nächsten Donnerstag.»

«Aber das ist ja schon in fünf Tagen! Warum denn so schnell? Ich habe nicht gedacht, dass du so schnell weg bist.» Gess' Aufregung klang eher traurig.

«Sie wollten, dass ich den nächstmöglichen Flug nehme.»

«Und das hast du natürlich gemacht.» Eine Pause trat ein. «Ich freue mich für dich.»

«Dankeschön. Danke, Gess, für alles. Glaub mir, du wirst mich nicht verlieren. Das ist nicht das Ende.»

«Mh.»

«Wir sehen uns vorher noch.»

«Okay.»

Die nächsten Tage vergingen wie im Flug. Ariane packte zigmal ein und wieder aus, überlegte, was sie mitnehmen sollte und was nicht. War es in England nicht immer kühl und regnete häufig? Oder war es im Süden doch eher warm? Sie hatte keine Ahnung, recherchierte im Internet und konnte sich trotzdem nicht entscheiden.

Schließlich war der Tag des Abflugs gekommen. Gess kam nicht mit nach Frankfurt, sie musste arbeiten.

Ist vielleicht besser so, dachte Ariane, obwohl sie sich am Flughafen etwas verloren vorkam. Sie war überaus müde, da sie sehr früh hatte aufstehen müssen. Doch sie bemerkte, dass sie dankbar dafür war, mit Eberhard oft verreist zu sein, denn das erwies sich jetzt als äußerst hilfreich. Auch wenn er sich immer um alles gekümmert hatte, war ihr doch der ‚Rummel' vertraut und sie fand sich besser zurecht, als sie erwartet hatte. Sie war ein bisschen stolz auf sich und lächelte in sich hinein. Immerhin flog sie zum ersten Mal allein.

England

Der Flug verlief reibungslos und überraschend schnell landete die Maschine pünktlich um 10:35 Uhr Ortszeit in Bristol. Knapp zwei Stunden später fuhr der Bus ab, doch die Fahrt endete schnell, denn im Busbahnhof von Bristol musste sie umsteigen und hatte dabei noch einen kleinen Aufenthalt. Doch das störte Ariane nicht. Es gab ihr Zeit, in England anzukommen. Sie beobachtete die Reisenden und stellte überrascht fest, dass sie sich weniger verloren fühlte als auf dem Flughafen in Deutschland. Später genoss sie es, die südenglische Landschaft zu bewundern, die an ihr vorbeizog. Bald nach Beginn der Fahrt konnte sie sogar schon das Meer sehen. Ariane war glücklich. Zum ersten Mal war sie allein unterwegs in einem fremden Land und hatte das Gefühl, das Reisen noch nie so sehr genossen zu haben. Dazu kam die Schönheit der Natur – die ganze Gegend war ein Traum. Wenn Ariane eine romantische Szene hätte malen wollen, hätte sie dafür einen solchen Hintergrund gewählt. Sanfte, weite Hügel mit Grasflächen in hellem Grün, in harmonischen Mustern von dunkelgrünen Laubbäumen bedeckt, mal als ein langer Streifen, dann wieder in Form von Wäldern oder Hainen. Dazwischen gab es ein paar Schafe, einen Kirchturm, Dörfer, die friedlich vor sich hin dösten.

Gegen Ende wurde Ariane langsam unruhiger. Als sie schließlich Paignton erreichten und der Bus in die Innenstadt fuhr, an einem Park vorbei, begann ihr Herz wild zu klopfen. Nachdem sie im Trubel des Aussteigens ihr Gepäck zurückergattert hatte, sah sie sich um und sah eine hübsche, sehr gepflegte Frau auf sich zukommen. Sie war viel jünger, als Ariane angenommen hatte.

«Guten Tag», begrüßte die Frau sie herzlich. «Sie sind Frau Sommerfeldt?»

Ariane nickte.

«Freut mich, Sie kennenzulernen. Ich bin Eliza Livingston. Wir haben uns geschrieben.»

«Freut mich auch.»

Ariane bekam kaum ein Wort heraus. Sie war auf einmal schrecklich nervös. Die ganze

Fahrt über hatte sie sich gut gefühlt, wie in einem leichten Traum. Doch jetzt, wo das Ziel so nahe war, fragte sie sich, ob sie sich zu weit vorgewagt hatte.

Was machte sie hier?

Wollte sie wirklich in England leben? Bei Menschen, die sie nie zuvor gesehen hatte und mit denen sie nichts verband außer einem Arbeitsvertrag? Plötzlich kam ihr der Plan gar nicht mehr so toll vor, nur noch unüberlegt. Sie verstand sich selbst nicht mehr. Weder, warum sie sich darauf eingelassen hatte, noch, warum ihr das bisher nicht aufgefallen war. Sie gab sich Mühe, sich nichts anmerken zu lassen, doch in ihr reifte der Entschluss, bei der nächstbesten Möglichkeit wieder abzureisen.

Obwohl es an ihrer Auftraggeberin nichts auszusetzen gab. Ganz im Gegenteil. Eliza Livingston war nicht nur sehr hübsch und offensichtlich mehr als wohlhabend, wenn man nach ihrer Kleidung und dem silbernen Sportwagen urteilen durfte, zu dem sie Ariane führte. Sie war außerdem auch noch wirklich *sympathisch.*

«Wir können gerne Deutsch sprechen, wenn es Ihnen recht ist», sagte Eliza.

Ariane nickte.

«Gerne. Ich kann auch Englisch, aber nach der Schule habe ich es nicht so oft benutzt. Ich muss es erst wieder entstauben.»

«Das wird schneller gehen, als Sie denken.» Eliza lächelte. «Aber wir freuen uns, wenn wir Deutsch sprechen können. Unsere Großmutter kam aus Deutschland und wir fühlen uns zu dem Land und der Sprache hingezogen. Später haben wir es zum Teil in der Schule oder an der Uni gelernt. Und auf Livingston Hall, dem Landsitz, wo meine Cousins wohnen, gibt es einen Butler, der Deutsch spricht. Seine Mutter war Deutsche.»

Ariane musste sich eingestehen, dass das alles sehr vorteilhaft klang. Doch am meisten blieb ihr ,*auf Livingston Hall*' im Ohr. Das klang fast wie ,auf Schloss …'!

Und einen Butler hatten sie auch!

Sie verstauten das Gepäck und stiegen ein.

«Normalerweise hätte der Butler, er fungiert auch als Fahrer, Sie abholen können, aber die Bewerberinnen für die Stelle habe alle ich persönlich abgeholt.» Als Eliza Arianes Stirnrunzeln bemerkte, fügte sie hinzu: «Keine Angst, es waren nicht viele. Bisher waren zwei Damen da, aber das hat nicht gepasst.» Sie ordnete sich in den Verkehr ein. «Es ist nicht sehr weit bis Staverton. Wir fahren über Totnes, das ist die nächste Stadt bei Staverton, oder eher Städtchen. So lernen Sie gleich die Umgebung etwas kennen.»

«Ich habe gesehen, ich hätte bis Totnes fahren können, oder mit dem Zug, glaube ich, sogar bis Staverton …»

«Ich weiß, aber ich wollte Sie ein bisschen früher treffen, damit wir etwas Zeit haben, um über ein paar Dinge zu sprechen.» Eliza fuhr sich durch die Haare. «Ich habe in Paignton eine Galerie. Zurzeit bin ich wegen meinem Cousin sehr oft in Staverton und bemühe mich, so viel wie möglich telefonisch zu organisieren. Aber manches geht eben nur vor Ort. Genau deshalb brauchen wir *Sie*. Ich muss mich dringend wieder mehr ums Geschäft kümmern. Und Ihre Ankunft gab mir einen Vorwand, in die Stadt zu fahren.»

Sie wohnt also nicht selbst dort. Ariane wusste nicht, ob sie das gut oder schlecht finden sollte. Eigentlich wäre es gut gewesen, eine Verbündete in der Nähe zu haben. Wenn sie aber sowieso wieder abreisen wollte, spielte das keine Rolle.

«Der Mann, um den Sie sich kümmern sollen, ist mein Cousin, Charles Livingston. Er hatte einen schweren Unfall mit einem komplizierten Beinbruch. Jetzt sitzt er im Rollstuhl und hadert mit der Welt.»

«Aber wird er wieder gehen können?»

«Natürlich wird er wieder gehen können. Das Problem ist nicht sein Bein. Der Unfall war zwar schlimm, aber sein Bein wird heilen. Charles bekommt jeden Tag Ergotherapie, ein Therapeut fährt extra immer ‚raus nach Staverton.» Eliza lachte. Dann wurde sie wieder ernst. «Ich lache jetzt, aber in Wirklichkeit mache ich mir Sorgen um Charles. Ich mag ihn sehr. Einen Gutteil meiner Kindheit habe ich auf Livingston Hall verbracht und wir stehen uns nahe. Aber im Moment geht es ihm nicht gut.»

Wenn er ihr Cousin ist, kann er ja noch nicht so alt sein, dachte Ariane, wagte aber nicht, zu fragen. Eliza ließ ihr sowieso keine Zeit.

«Das Schlimme ist, dass Charles an dem Tag des Unfalls seine Freundin verloren hat.»

Ariane blickte Eliza erschrocken an.

«Nein, nicht, was Sie denken. Sie lebt. Aber sie hat Charles betrogen. Dabei hat er gedacht, dass sie heiraten. Er war kurz davor, sie zu fragen, oder vielleicht hatte er ihr auch schon einen Antrag gemacht. Er spricht nicht darüber.»

Eliza konzentrierte sich auf den Verkehr.

Ariane nahm die vorbeiziehende Landschaft wahr, war in Gedanken jedoch bei der Geschichte, die ihre Fahrerin erzählte. Was sie hörte, berührte sie auf eine seltsame Art, als wäre ihr die Geschichte vom tiefsten innersten Gefühl her vertraut.

«Es war vor einem halben Jahr. Charles war morgens zu Nora gefahren und hat sie dort auf frischer Tat erwischt. Es muss schrecklich für Charles gewesen sein. Naja, für wen wäre es nicht schrecklich, die Person, die man heiraten will, mit einer anderen im Bett zu sehen.» Eliza schüttelte den Kopf. «Danach ist Charles in sein Flugzeug gestiegen, ich weiß nicht, was er vorhatte. Vielleicht wollte er seinen Schmerz beim Fliegen vergessen.

Auf jeden Fall hatte der Motor einen Defekt und Charles ist abgestürzt. Dass er überhaupt überlebt hat, ist ein reines Wunder.» Sie nahm Druck vom Gaspedal und fuhr etwas langsamer. «Und als wäre das alles nicht schon genug, ist kurz darauf meine Tante gestorben, seine Mutter. Sie war schon länger krank gewesen und es kam nicht unerwartet, doch es hat Charles, vermutlich auch wegen der Umstände, besonders schlimm getroffen. Und er hatte immer eine besonders gute Beziehung zu seiner Mutter gehabt.» Eliza atmete tief durch. «Seitdem ist mit ihm nichts mehr anzufangen. Er spricht nicht, interessiert sich für nichts mehr. Es ist, als hätte er jegliche Lebensfreude verloren.»

Mitgefühl überkam Ariane.

Wie gut konnte sie Charles verstehen!

«Das verstehe ich», sagte sie.

Dabei lag in ihrer Stimme ein Ton, der Eliza dazu veranlasste, den Kopf nach ihr umzuwenden und sie neugierig anzusehen. Falls sie sich dabei etwas dachte, sagte sie doch nichts.

«Und jetzt wollen Sie, dass jemand Charles die Lebensfreude wieder zurückgibt?», fragte Ariane.

Eliza nickte.

«Genau. Ich muss allerdings zugeben, dass das keine leichte Aufgabe ist, vor allem …», sie zögerte etwas, «weil er von der Idee keineswegs begeistert ist.»

Warum wundert mich das nicht?, fragte sich Ariane.

«Ich konnte ihn nicht wirklich davon überzeugen, jemanden zu holen», gab Eliza zu. «Ich habe es trotzdem gemacht. So, wie er sich seit Monaten hängen lässt, kann es nicht weitergehen. Er scheint manchmal fast depressiv zu sein und ich habe ihn schon gefragt, ob er nicht eine Therapie machen will, aber dagegen wehrt er sich mit Händen und Füßen. Eine junge Frau zur Gesellschaft einzustellen, hat er nicht ganz so vehement abgeschlagen.»

Tolle Voraussetzungen, dachte Ariane.

«Ich dachte mir, ein Versuch kann nichts schaden», sagte Eliza. «Mehr als schiefgehen kann es nicht. Wir haben nichts zu verlieren.»

Auch das kam Ariane sehr bekannt vor.

Schließlich fuhren sie durch Totnes, wo sie zum ersten Mal den Fluss Dart überquerten, wie Eliza Ariane erklärte. Kurz darauf verließen sie das Städtchen wieder und weiter ging es, an kleinen Siedlungen vorbei, bis sie ein zweites Mal über den Fluss fuhren.

«Jetzt sind wir gleich da», sagte Eliza. «Oder wollen Sie zuerst kurz Staverton sehen?»

«Ich dachte, wir fahren nach Staverton», sagte Ariane verunsichert.

«Ja, nur das Haus liegt außerhalb. Ich zeige Ihnen kurz den Ort. Viel zu sehen gibt es sowieso nicht.»

Eliza fuhr ins ‚Zentrum‘, doch gab es in der Tat außer ein paar Häusern und einem Gasthaus wenig zu sehen. Sie wendeten und fuhren zurück, über schmale, von hohen Hecken gesäumte Straßen. Ariane wäre hier nicht gerne gefahren, denn man konnte nie voraussehen, wann Gegenverkehr kam. Eliza schien es nicht zu stören. Es kam ihnen auch so gut wie niemand entgegen.

Schließlich bog Eliza in eine Einfahrt, die zu einem großen schmiedeeisernen Tor führte. Vom Auto aus drückte sie einen Klingelknopf, der in einem der Torpfosten eingelassen war. Auf eine unverständliche Frage antwortete sie nur ‚Wir sind’s‘, woraufhin sich das Tor automatisch öffnete. Durch eine Allee mit weißem Kies näherten sie sich und hielten schließlich vor der Freitreppe eines über ihnen aufragenden Herrenhauses.

«Das ist Livingston Hall», verkündete Eliza, während sie den Motor abschaltete. Dann drehte sie sich zu Ariane um und lächelte. «Herzlich Willkommen!»

Probezeit

Sprachlos stand Ariane vor dem Haus. Es kam ihr vor wie ein Fels in der Brandung. Aus grauem Stein erbaut, mit weißen Fensterrahmen, war es fast schmucklos, doch so massiv, dass es wirkte, als würde es seine Bewohner mit dem eigenen Leben beschützen, wenn es sein musste. Ohne etwas von den Anbauten zu erahnen, die dahinter lagen, erschien Ariane das Haus bereits gewaltig. *Hier sollte sie wohnen?*

Oben auf der Treppe stand eine Bedienstete und wartete. Über einem schwarzen Kleid trug sie eine weiße Kittelschürze, gekrönt von einer weißen Haube. Ihre Bekleidung erinnerte Ariane ans neunzehnte Jahrhundert. Sie hätte nicht gedacht, dass es so etwas wirklich noch gab. Währenddessen holte ein Butler, ebenfalls in Livree, ihr Gepäck aus dem Auto und trug es ins Haus. Zögernd betrat auch Ariane die ersten Stufen und stieg langsam hinauf. Abwesend registrierte sie eine Rampe, die nachträglich eingebaut worden war, über die man Gegenstände oder kleine Fahrzeuge rollen konnte.

Die Bedienstete begrüßte sie freundlich und zurückhaltend. Eliza ging voraus und rief nach Charles, während Ariane sich neugierig nach ihm umblickte. Doch er war nirgends zu sehen.

«Wo ist er nur?», wunderte sich Eliza. Sie ging in sein Arbeitszimmer, doch da war er auch nicht. «Na, mal sehen, ob er bis zum Essen auftaucht. Er ist wirklich ein Sturkopf.» Sie lächelte entschuldigend. Offenbar war es ihr peinlich, dass ihr Cousin nicht zur Begrüßung erschien. Dann richtete sie sich auf.

«Um halb acht gibt es Abendessen. Bis dahin können Sie sich ein wenig ausruhen und von der Reise erholen. Sie müssen sehr erschöpft sein.»

Ariane nickte dankbar.

«Josy wird Ihnen Ihr Zimmer zeigen.» Eliza gab der Bediensteten, die sich dezent im Hintergrund gehalten hatte, ein Zeichen. Sofort nickte diese und kam herbei.

«Wenn Sie noch irgendwelche Wünsche haben, wenden Sie sich vertrauensvoll an

Josy. Sie ist die gute Seele hier im Haus», sagte Eliza.

Ariane konnte nur nicken. Dann folgte sie Josy nach oben.

Während Ariane der Bediensteten hinterherging, bestaunte sie das Gebäude und die Inneneinrichtung. Das Haus kam ihr vor wie ein kleines Schloss. Prunkvolle Lüster warteten darauf, ihre Lichtreflexe auf die Umgebung zu werfen, dunkel gewordene Gemälde in dicken goldverzierten Rahmen hingen am Treppenaufgang und wechselten sich mit eleganten kleinen Lampen in Kerzenform ab. Auf dem Boden lag ein mit Messingknöpfen befestigter Teppich, der sich bis zum Treppenabsatz im ersten Stock hinaufzog. Oben betraten sie einen weiten Flur mit hoher Decke, von dem viele Zimmertüren abgingen. Dazwischen standen kleine Kommoden oder schmale, geschwungene Simse, die unter großen Spiegeln angebracht waren. Bevor Ariane alle Details in sich aufnehmen konnte, öffnete Josy bereits eine der Türen und führte ihren Gast hinein.

Ariane konnte kaum ihren Augen trauen. Es war wie im Märchenparadies. Auf der linken Seite des Raums stand ein Himmelbett mit einem weinroten Baldachin, die Vorhänge am Kopfende sorgsam mit dicken Kordeln festgezurrt. Das Bett war unter einer weißen, gestrickten Tagesdecke verborgen; darüber waren mehrere prallgefüllte Kissen ordentlich aufgestellt. Auf einem Nachttisch aus glänzendem Edelholz lag ein Spitzendeckchen, darauf eine Karaffe Wasser und ein Glas. Daneben stand ein Telefon aus der Zeit, als es noch keine Handys gegeben hatte, mit einer Samthaube, ebenfalls weinrot, mit einer goldenen Borte verziert.

Den Boden bedeckten dicke Teppiche, die flauschig und erstaunlich neu aussahen. Überhaupt wirkte das ganze Zimmer keineswegs altmodisch, sondern bei aller Eleganz so, als wäre es gerade neu eingerichtet worden. Hinter dem Bett befand sich eine Sitzgruppe mit einem kleinen, gemütlichen Sofa, einem Sessel und einem Fußpolster, alles um einen niedrigen Tisch geschart.

Auf der anderen Seite des Raums befand sich vor dem Fenster ein Sekretär mit ausgeklappter Schreibplatte, davor ein Stuhl, seitlich daneben ein Kleiderschrank und ein Schminktisch mit einem weiteren Stuhl. Alles aus dem gleichen Edelholz. *Wahrscheinlich sind die Armaturen im Bad aus Gold,* dachte Ariane. Sie musste aufpassen, dass sie nicht laut lachte – vor Überraschung und Ungläubigkeit.

Wie aufs Stichwort öffnete Josy eine Tür in der Wand und zeigte Ariane das dahinterliegende Bad. Ein flauschiger weißer Bademantel, frische ordentlich aufeinandergestapelte Handtücher, und auf dem breiten marmornen Waschtisch, in den das Waschbecken eingelassen war, eine Sammlung von Wasch- und Badeessenzen. Ariane fiel ihr Bad zuhause ein, die kleine Dusche, wo nirgends Platz war, um etwas hinzustellen, die alten Kacheln, das …

Nein, stop. Ich bin jetzt hier, sagte sie sich. *Warum an etwas anderes denken?*

«Brauchen Sie noch etwas?», fragte Josy.

Ja, einen Schnaps. Einen doppelten, bitte.

«Nein, danke, vielen Dank, im Moment nicht.»

Aber später könnten Sie mir vielleicht noch ein Glas Sekt bringen, oder nein, warten Sie, besser einen Kir Royal, wenn ich im Schaum in der Wanne liege.

Ariane musste aufpassen, dass sie nicht hysterisch wurde, wenn sie sich sah, wie sie mit einer Bediensteten sprach.

Sie hatte eine Bedienstete!

Nachdem Josy gegangen war, probierte Ariane ihr Handy, doch sie hatte kein Internet. Sie ging zu dem Telefon, hob den Hörer ab, vernahm ein Freizeichen und wählte wagemutig Gess' Nummer. Sie hatte ein bisschen ein schlechtes Gewissen, dass sie ohne zu fragen einen Fernanruf tätigte, doch sie wollte nicht erst drei Kilometer durch das Haus laufen und irgendjemanden suchen. Solange Josy da war, hatte sie nicht daran gedacht. Und jetzt brauchte sie dringend etwas Vertrautes.

Gess hatte schon ungeduldig gewartet. «Und, wie ist es?»

«Also, zuerst war es super, die Fahrt hierher, dann aber, als ich meine Auftraggeberin kennengelernt habe, habe ich doch kalte Füße gekriegt. Es ist schon etwas anderes, sich das Ganze vorzustellen oder es wirklich zu machen.»

Gess lachte erleichtert. «Na, siehst du! Das habe ich mir ja gleich gedacht! Ehe du dich versiehst, bist du wieder da!»

«Naja, ich weiß nicht», begann Ariane zögernd. «Wenn du mein Zimmer sehen würdest ...»

«Warum, was ist damit? Ist es nicht schön? Wenn du nicht dortbleiben willst, dann geh wieder. Nimm dir ein Hotel, ich bezahle es dir. Wenn du dich nicht wohl fühlst, bleib auf keinen Fall dort!» Gess klang streng.

«Das ist es nicht.»

«Was ist es dann? Muss ich dir jedes Wort aus der Nase ziehen?»

«Du lässt mich ja nicht zu Wort kommen», sagte Ariane.

«Okay, Entschuldigung. Bitte sehr, sprich.» Zögern.

Dann sagte Ariane: «Das Zimmer ist ein Traum.»

«Was?»

«Ja, ich wohne hier in einem Märchenschloss und ich bin eine Prinzessin.»

«Haben Sie dir irgendwas ins Getränk getan?», fragte Gess argwöhnisch. «Kannst du jetzt bitte mal normal sprechen?»

«Ich bin normal», widersprach Ariane. «Oder nein, vielleicht auch nicht. Das hier ist schwer zu glauben. Ich kann dir nur sagen, stell dir ein Schloss vor und dann weißt du, wie ich untergebracht bin. Ich habe eine Bedienstete! Und ein Himmelbett und ein Bad mit goldenen Armaturen!» (Die Armaturen waren tatsächlich aus Gold. Ob gemalt oder echt, war unerheblich.)

«Du hast eine Bedienstete?», fragte Gess ungläubig. «Ich dachte, du sollst für sie arbeiten.»

«Ja, schon, sie ist nicht nur für mich da, sondern für alle. Aber sie steht auch mir zu Diensten.» Ariane konnte es immer noch nicht glauben.

«Und wie ist *er*?», fragte Gess.

«Ich habe ihn noch nicht kennengelernt», gab Ariane zu.

«Ha!»

«Nichts ‚ha‘. Ich sehe ihn nachher beim Abendessen.»

«Okay, dann habe ich ja noch eine Chance. Vielleicht ist er schrecklich.»

«Ja, bestimmt.» Ariane war auf einmal sehr müde. «Ich verabschiede mich jetzt. Ich will mich noch ein bisschen ausruhen.»

«Pass auf dich auf. Und danke, dass du angerufen hast. Wenn was ist, dann melde dich. Ich bleibe erreichbar.»

«Das ist lieb von dir. Dankeschön.»

Ariane wurde durch ein lautes Klopfen an der Tür geweckt. Sie war tatsächlich eingeschlafen. Eigentlich hatte sie sich nur kurz ausruhen wollen, genoss die sanfte Wohligkeit des Bettes und hatte dann nicht mehr viel gedacht.

Erschrocken stand sie auf und fuhr sich durch die Haare. War sie etwa zu spät zum Abendessen?

Es klopfte erneut. Hastig öffnete Ariane die Tür. Es war Josy.

«Es tut mir leid, Madam, wenn ich störe, aber die Herrschaften sind bereits zu Tisch. Sie baten mich, Ihnen Bescheid zu sagen, dass das Abendessen bereit ist.»

Ariane war hochrot geworden.

Wie überaus peinlich!

Sich schon am ersten Abend zu blamieren. Sie schämte sich sehr. Eine Entschuldigung stammelnd schloss sie die Tür, eilte zum Spiegel und machte sich, so schnell sie konnte, zurecht. Dann ging sie hinunter.

Glücklicherweise hatte Josy am Ende der Treppe auf sie gewartet und führte sie zum Speisezimmer. Scheu betrat Ariane den Raum, sah zum ersten Mal einen erleuchteten Kristalllüster, der tausendfach funkelte, den schön gedeckten Tisch, flüchtig Eliza, die sich lächelnd erhob, und dann – ihn!

Oh Gott!

Wie sehr hatte sie sich geirrt!

In ihren Gedanken hatte sie immer einen älteren Mann um die sechzig, vielleicht sogar siebzig, gesehen, rüstig, fit, möglicherweise sogar sportlich, aber auf jeden Fall mit grauen Haaren und aus einer anderen Generation. Doch jetzt war er ein sehr attraktiver Mann im besten Alter! Er sah unglaublich gut aus! Mit braunen, kurzen Haaren, breiten, muskulösen Schultern und einem äußerst attraktiven Gesicht. Er lächelte spöttisch, was ihn nicht sehr freundlich wirken ließ, doch seine geschwungenen Lippen kamen dabei voll zur Geltung.

Was für ein Kussmund!

Sprachlos starrte Ariane ihn an, während Eliza um den Tisch herumkam und sie herzlich begrüßte. Aus dem Augenwinkel registrierte Ariane, dass schon eine Vorspeise aufgetragen worden war und wurde wieder rot.

«Schön, dass Sie da sind.» Eliza sprach ohne Unterton. Sie meinte, was sie sagte. Und sie sprach auch hier Deutsch mit ihr.

«Es tut mir sehr leid.» Ariane hatte das Gefühl, als würden ihre Wangen glühen. «Ich bin tatsächlich eingeschlafen. Ich hatte mich nur kurz etwas hinlegen wollen. Normalerweise schlafe ich nicht so leicht ein …»

Oh Gott, ich rede zu viel.

Eliza lachte. «Das kennen wir. Sie werden sehen, diese Gegend hier ist die reinste Entspannungsoase. Ich schlafe hier draußen auch immer besser als in der Stadt.» Dann sah sie zwischen Ariane und ihrem Cousin hin und her. «Darf ich Sie bekannt machen?

Das ist mein Cousin Charles Livingston. Charles, das ist Ariane Sommerfeldt.»

Charles reichte Ariane die Hand. «Sie verzeihen, Gnädigste, wenn ich sitzenbleibe. Vielleicht hat Ihnen meine werte Vetterin auch erzählt, dass ich derzeit etwas indisponiert bin?»

Seine beinahe abweisende Begrüßung versetzte Ariane einen Stich; sie beschloss jedoch, es vorerst zu ignorieren. Immerhin war es positiv, dass auch er Deutsch sprach. Außerdem war sie ganz gefangen von dem festen Händedruck seiner warmen, starken Hand, und von seinen leuchtend hellblauen Augen.

Alles andere war unwesentlich.

«Ja, ja, ich meine, nein, das macht nichts, natürlich nicht. Bleiben Sie bitte sitzen.»

«Sehr freundlich», sagte Charles und ließ sich wieder zurücksinken.

Erst jetzt nahm Ariane wahr, dass hinter seinem Stuhl ein Rollstuhl stand. Charles saß am Tischende, seine Cousine neben ihm.

Eliza deutete auf den Platz ihr gegenüber. «Bitte setzen Sie sich doch.»

Nachdem Ariane sich gesetzt hatte und sie sich der Vorspeise widmeten, brachten Josy und der Butler Schüsseln und stellten sie auf Wärmplatten auf einer Anrichte an der Wand. Dann warteten sie, bis die Herrschaften mit der Vorspeise fertig waren, worauf sie das erste Gedeck abräumten und das Essen auftrugen. Es gab gebutterte, angebratene Kartoffeln, Erbsen und einen dampfenden Braten mit Pilzen, Soße und Preiselbeeren. Alles duftete köstlich.

Nachdem sie eine Weile schweigend gegessen hatten, unterbrach Charles die Stille.

«Nun, was machen Sie so? Erzählen Sie etwas von sich.» Während Ariane angestrengt überlegte, was sie erzählen sollte, sprach er schon weiter. «Sie müssen wissen, dass diese Idee mit einer Aufpasserin nicht auf meinem Mist gewachsen ist. Ich brauche keinen Babysitter. Ich bin alt genug.»

«Wir wissen, dass du keine Babysitterin brauchst», erwiderte Eliza. «Aber Gesellschaft. Dir fällt ja hier die Decke auf den Kopf. Seit Monaten vergräbst du dich und wirst dabei immer unleidlicher. Du brauchst dringend jemanden, der dich auf andere Gedanken bringt.»

Ariane war überrascht, wie offen und direkt Eliza mit ihrem Cousin sprach, noch dazu vor einer Fremden. Doch es schien ihn nicht zu stören. Sie hatte sogar fast den Eindruck, als gefiele es ihm.

«Und du meinst, ein deutsches Kindermädchen wäre das Richtige?»

Ariane fühlte, wie sie erneut errötete. Sie wollte schon den Mund öffnen, doch Eliza kam ihr zuvor.

«Charles, bitte erinnere dich an deine Manieren. Frau Sommerfeldt sitzt neben dir. Sie kann dich hören. Und sie ist *unser Gast*.»

Sofort ließ Charles sein Besteck sinken und wandte sich an Ariane. Diesmal schienen seine Worte ernst gemeint zu sein.

«Ich bitte um Entschuldigung. Manchmal vergesse ich tatsächlich meine Manieren. Bitte entschuldigen Sie, ich habe es nicht böse gemeint. Ich weiß nur nicht, ob das Ganze eine so gute Idee ist, das ist alles.»

Das weiß ich auch nicht, dachte Ariane.

«Wenn Sie möchten, kann ich gerne wieder abreisen.»

«Immer mit der Ruhe», sagte Charles. «Sie sind ja gerade erst angekommen. Lassen Sie uns sehen, was die nächsten Tage bringen. Soweit ich weiß, hat meine Cousine eine Probezeit von drei Tagen mit Ihnen vereinbart, ist das richtig?»

Ariane nickte.

«Dann bleiben Sie doch …», begann Charles.

«Natürlich bleiben Sie!», unterbrach Eliza ihn mit erhobener Stimme. «Ich habe ein gutes Gefühl bei Ihnen. Aber natürlich dürfen auch Sie prüfen, ob der Job für Sie das Richtige ist. Bleiben Sie ein paar Tage und entscheiden Sie dann in aller Ruhe. So kurz nach einer Reise und neu in der Fremde hat man meistens keinen klaren Kopf. Da sollte man keine überstürzten Entscheidungen treffen. Kommen Sie erst mal an.» Sie lächelte Ariane ermutigend zu und erhob ihr Glas. «Lasst uns anstoßen. Auf Sie!»

Daraufhin erhoben auch Charles und Ariane ihre Gläser und prosteten einander zu.

Der Rest des Essens verlief ohne Probleme. Ariane erzählte ein bisschen von sich, ließ dabei alles über ihre Scheidung fein säuberlich aus, blieb stattdessen bei unverfänglichen Themen wie ihrer Arbeit bei Lauinger oder ihren Eltern. Erfolgreich wand sie sich um jede zu persönliche Frage, wobei sie nicht wusste, wie lange sie das aufrechthalten konnte. Aber musste sie das überhaupt? In ihrem Lebenslauf stand schließlich, dass sie geschieden war. Trotzdem war sie sehr froh darüber, dass niemand direkt danach fragte.

Nach dem Essen gingen sie ins Kaminzimmer, einen gemütlichen Raum mit einigen Bücherregalen, weichen Teppichen und bequemen Sesseln vor der Feuerstelle. Der Butler legte zwei Holzscheite nach, die ordentlich neben dem Kamin aufgestapelt waren, und das Feuer prasselte zischend auf. Ariane und ihre Gastgeber saßen in den Sesseln und tranken ein Glas Wein. Charles hatte sich dafür wieder aus seinem Rollstuhl erhoben und mühsam in den Sessel fallen lassen, wobei Ariane sich fragte, ob es nicht ein wenig gespielt war. Etwas war in seiner Bewegung, das leichter wirkte, als er vorgab. Doch sie kannte ihn zu wenig, um das beurteilen zu können. Vielleicht lag es nur daran, dass er vor seinem Unfall sehr sportlich gewesen war. Jedenfalls registrierte sie erleichtert, dass er zumindest kurz stehen konnte und war beeindruckt von seiner Größe.

Eine Weile sprachen sie über einige Reisen, die sie schon gemacht hatten, und Ariane stellte überrascht fest, dass sie sich eigentlich ganz wohl fühlte. Obwohl Charles seine etwas distanzierte Haltung beibehielt, hatte sie den Eindruck, dass er sich für das interessierte, was sie sagte und ihr aufmerksam zuhörte. Auch Elizas Gesellschaft war sehr angenehm und die besondere Atmosphäre des Kaminzimmers trug zusätzlich zu einem Gefühl von Geborgenheit bei.

Dann unterbrach Eliza plötzlich die wohlige Stimmung. «Ich fahre morgen früh nach Paignton zurück», sagte sie.

Ariane erschrak. «Aber ich dachte ...» *Sie bleiben hier.* Sollte sie etwa mit ihm allein bleiben?

Eliza lachte. «Sie werden das schon schaffen.» Dann wurde sie wieder ernst. «Nein, wirklich. Morgen kommt der Agent eines bedeutenden Künstlers zu mir. Das sind wichtige Verhandlungen für mich. Außerdem …», fügte sie mit einem verschmitzten Lächeln hinzu, «… wollen wir ja, dass Sie und Charles sich besser kennenlernen. Da würde ein weiteres Rad am Wagen nur stören.»

Danach saßen sie nicht mehr lange zusammen. Charles verabschiedete sich und auch Eliza erhob sich. Auf einmal war Ariane froh, sich zurückziehen zu können.

«Eine Frage habe ich noch …», sagte sie. «In meinem Zimmer steht ein Telefon …»

«Telefonieren Sie, soviel Sie wollen, sooft Sie wollen», sagte Eliza herzlich. «Fühlen Sie sich wie zu Hause.»

Charles

Am nächsten Morgen fühlte Ariane sich gut. Sie hatte wunderbar geschlafen und spürte neue Energie. Inzwischen hatte sie beschlossen, die drei Tage Probezeit zu bleiben und bestmöglich zu erfüllen. Danach konnte sie immer noch abreisen. Und bis dahin würde es sich wahrscheinlich von selbst entscheiden, ob sie bleiben sollte oder nicht. Vielleicht lehnte Charles sie ab. Oder sie ihn. Aber bis es so weit war, würde sie diese drei Tage als eine Art Urlaub nehmen und ihren Aufenthalt im ‚Luxushotel‘ in vollen Zügen genießen.

Sie ging nach unten zum Frühstück und traf auf Charles, der gerade in sein Arbeitszimmer rollte.

«Guten Morgen», sagte sie fröhlich.

«Guten Morgen», antwortete er.

«Wie geht es Ihnen heute?»

«Wollen Sie nicht gleich fragen, ‚wie geht es *uns* heute‘? Das fragt Pflegepersonal doch gewöhnlich den Patienten.»

Ariane beschloss, nicht auf die Provokation zu reagieren.

«Was möchten Sie denn heute gerne machen?»

Er sah sie nicht direkt an, sondern bemühte sich, an ihr vorbeizusehen. «Ich werde ein wenig mit meinem Rollstuhl von links nach rechts rollen, und später vielleicht noch ein wenig von rechts nach links. Und Sie?»

«Wollen Sie nicht vielleicht einen Spaziergang in die Natur machen? Die Natur hilft immer.» Sie versuchte, nicht ungeduldig zu klingen.

«Vielleicht haben Sie es übersehen, aber ich kann nicht gehen. Ich sitze im Rollstuhl.»

Sie überlegte, ob sie ihn darauf ansprechen sollte, dass er laut seiner Cousine wieder hätte gehen können, wenn er wollte. Doch dafür kannte sie ihn noch nicht gut genug. Sie wollte es sich nicht vorschnell mit ihm verscherzen. Doch es war nicht leicht, bei ihm ruhig zu bleiben. Irgendwie regte er sie auf.

«Nein, das habe ich nicht übersehen.» Sie lächelte ihn an. «Ich kann Sie schieben. Dafür bin ich ja da.»

«Über Stock und Stein? Nein, danke. Da widme ich mich lieber meiner täglichen Ergotherapie. Das macht zwar genauso wenig Spaß, aber dabei kann ich meine peinlichen Verrenkungen wenigstens unter Ausschluss der Öffentlichkeit machen.»

Anscheinend macht es ihm etwas aus, was die Leute über ihn denken.

«Der Therapeut kommt übrigens jeden Tag um elf Uhr.» Er manövrierte den Rollstuhl in eine Position, um an ihr vorbeizufahren. Dann sah er sie schräg von unten an. «Ich wäre Ihnen sehr verbunden, wenn Sie uns nicht irgendwo auflauern und herumspionieren würden. Ich wünsche keine Beobachtung bei meiner Turnstunde und mein Therapeut keine neugierigen Fragen.»

«Wie Sie wünschen», antwortete Ariane beleidigt. «Ich habe nicht die Absicht, irgendwo herumzuspionieren.»

«Ich habe auch nicht gesagt, dass Sie das machen. Ich wollte Sie nur vorwarnen.»

Sie verkniff sich die Bemerkung, dass das unnötig war und fragte, so freundlich sie konnte: «Möchten Sie vielleicht vor Ihrer

Therapie noch etwas, hm, mit mir unternehmen?»

«Nein, danke. Das ist nett, aber vielen Dank.»

Ohne zu lächeln nickte er ihr zu und fuhr an ihr vorbei.

Allein saß Ariane an dem langen Tisch im Esszimmer und frühstückte. Ihre morgendliche gute Laune hatte Charles mitgenommen. Obwohl das Frühstück alle Träume von Rührei, frisch gepresstem Orangensaft, selbst gekochter Marmelade, Honig, verschiedenen Sorten Käse, guter Butter, knusprigem Toast und selbst gebackenen Muffins erfüllte, konnte sie es nicht so genießen, wie sie es gern getan hätte. Mit ihren Gedanken war sie woanders.

Was sollte sie jetzt machen? Wie lange dauerte die Therapie? Wahrscheinlich konnte sie erst nach dem Mittagessen einen weiteren Vorstoß machen.

Die Hauptfrage war, *wie konnte sie Charles für sich gewinnen?*

Aber warum wollte sie das überhaupt?

Wollte sie nicht sowieso bald wieder abreisen?

Eigentlich hätte sie sich darüber freuen müssen, den ganzen Vormittag frei zu haben, doch es gelang ihr nicht. Sie hätte einen Ausflug in die schöne Natur machen können, doch allein erschien es ihr plötzlich nicht mehr verlockend. Sie verstand sich selbst nicht. Noch vor einer Stunde hatte sie das Ganze zu einem gratis Kurzurlaub im Luxushotel erklärt. Doch Charles' Ablehnung hatte in ihr den drängenden Wunsch geweckt, von ihm akzeptiert zu werden.

Nach dem Frühstück begab sich Ariane auf einen Spaziergang in die nähere Umgebung. Eigentlich hatte sie zum Fluss gehen wollen, doch Josy meinte, das wäre zu weit. Sie empfahl Ariane, sich zuerst einmal die Gärten anzusehen. Überrascht darüber, dass es *Gärten* sogar im Plural gab, wurden Arianes Geister wiederbelebt.

«Ich schicke Ihnen Fritz, den Butler. Der soll Sie ein bisschen herumführen», sagte Josy, während sie den Frühstückstisch abräumte.

Fritz führte Ariane bereitwillig zunächst auf deren Wunsch durchs Haus, wobei Ariane erfuhr, dass es in Livingston Hall unter anderem acht Schlafzimmer mit jeweils eigenem Bad, ein Wohnzimmer und zwei weitere Aufenthaltsräume, ein Speisezimmer, eine Bibliothek und ein Arbeitszimmer, ein Kaminzimmer sowie eine Sauna und einen Fitnessraum gab. Dazu natürlich die Küche, Arbeitsräume und Wohnräume für Bedienstete. Hinter dem Haus gab es mehrere Anbauten und Ställe, die zum Teil zu Garagen umfunktioniert worden waren, zum Teil noch als Stall benutzt wurden.

«Wir haben vier Pferde, aber Mister Charles reitet im Moment nicht. Manchmal macht Miss Eliza einen Ausritt, wenn es ihre Zeit erlaubt, oder Master Trevor, wenn er zuhause ist, aber meistens werden die Tiere von unserem Stallburschen bewegt.»

Trevor, war das der Bruder von Charles?

Dann kamen sie in die Gärten. Schon im ersten Garten verlor Ariane ihr Herz. Sie hatte Blumen schon immer geliebt, und hier stieß sie unübersehbar auf das Reich eines Blumenliebhabers. Obwohl nur ein Teil der Pflanzen blühte und es offensichtlich war, dass eine liebende Hand fehlte, war der Garten doch gepflegt und ließ erahnen, wie

wunderschön er sein konnte, wenn sein
Potential voll ausgeschöpft wurde.

In mehreren ineinander übergehenden
Feldern waren Beete und Muster aus Blumen
angelegt, dazwischen verliefen schmale Wege
mit kleinen weißen Kieselsteinen. Früher
hatte Ariane keinen eigenen Garten besessen,
ihre Eltern hatten keinen, doch sie hatte sich
immer einen gewünscht. Später, bei der Villa,
die sie mit Eberhard bewohnte, gab es zwar
einen Garten, aber er war bereits fertig
angelegt, als sie einzogen. Dort hatte es
mehrere hohe Nadelbäume gegeben,
dazwischen lag eine Grasfläche mit ein paar
größeren Felssteinen zur Zierde. Ihre
zaghaften Versuche, etwas an der Struktur zu
verändern, waren wahlweise auf Eberhards
Widerstand oder sein Desinteresse gestoßen,
bis Ariane es irgendwann aufgegeben hatte.
Damals hatte sie auch noch keinen so
deutlichen Wunsch in sich gespürt. Doch
hier fühlte sie spontan einen starken Impuls,
Hand anzulegen und ihrer Kreativität freien
Lauf zu lassen. Am liebsten hätte sie sofort
damit angefangen. Es kam ihr so vor, als

hätten der Garten und sie nur aufeinander gewartet.

Der Butler zeigte ihr auch noch die weiteren Anlagen, weite Felder aus grünem Gras mit Baumalleen darauf, ein Garten mit niedrigen Hecken, die in schönen Formationen gepflanzt waren, hier ein verspielter Bogengang, ebenfalls aus Heckenpflanzen, und dazwischen sandte immer mal wieder eine Marmorstatue ihren stillen Gruß.

Nachdem Fritz sich mit einer Entschuldigung wegen wartender Pflichten zurückgezogen hatte, spazierte Ariane noch eine Weile allein über das Grundstück. Es kam ihr endlos vor. *Wie konnte man so viel Land besitzen?*

Sie konnte es kaum nachvollziehen. Ihre Gedanken wanderten zum Hausherrn zurück und zu der Frage, wie sie ihn aus der Reserve herausholen konnte.

Dabei hatte sie nicht auf den Weg geachtet und stand plötzlich neben einem Gewächshaus. Es musste älter sein, denn die Scheiben waren angelaufen und es sah etwas vernachlässigt aus. Doch es musste einmal sehr schön gewesen sein. Es schien aus den gleichen grauen Steinen erbaut, aus denen hier offenbar jedes Haus bestand, doch jemand hatte es weiß gestrichen, weshalb es hell und freundlich wirkte.

Neugierig blickte Ariane durchs Fenster. Im Inneren erkannte sie Tische und an der hinteren Wand Gartengeräte. Ein Kribbeln überkam sie. Sie wusste nicht, was es zu bedeuten hatte, aber irgendetwas war mit diesem Häuschen.

Ungeduldig kehrte sie zum Haupthaus zurück, wo es bald Zeit zum Mittagessen war.

Ariane wartete, bis Charles seinen Rollstuhl an den Esstisch bewegt hatte, um ihn dort gegen einen Stuhl auszutauschen. «Wie war Ihre Ergotherapie?»

Nachdem Charles sich gesetzt und Fritz den Rollstuhl weggeschoben hatte, legte der Hausherr sich eine Serviette auf den Schoß. «Danke der Nachfrage. Wie es eben so geht, wenn man ein Krüppel ist.»

«Sie sind kein Krüppel.»

«Ach ja?» In seinem Gesicht spiegelte sich eine Mischung aus Ärger und Interesse. «Woher wollen Sie das wissen?»

Sein Blick verunsicherte sie. Doch nach einem kurzen Zögern sagte sie: «Ich denke, Sie könnten laufen, wenn Sie wollten.»

«Soso, das denken Sie also?»

«Ja.»

«Was denken Sie denn noch so?»

Darauf hatte Ariane keine Antwort. Sie wusste auch nicht, ob er überhaupt eine erwartete. Seine abwehrende Haltung hatte ihre gutgemeinten Absichten binnen Sekunden zum Erliegen gebracht; die Stimmung war wie eingefroren.

Sowohl während Josy und Fritz die Speisen auftrugen, als auch während eines Großteils der Mahlzeit hörte man keine anderen Geräusche, als das bemüht leise Klingen von Besteck auf Porzellan. Ariane fühlte sich unwohl. Sie hätte gern gesprochen, wusste aber nicht, was sie sagen konnte, ohne erneut abgewiesen zu werden.

Nach einer Weile sagte sie: «Ich habe heute im Garten ein Gewächshaus entdeckt. Es scheint schon länger nicht mehr benutzt worden zu sein.»

Charles hob den Kopf und sah sie prüfend an. Dann schien etwas in ihm nachzugeben.

«Meine Mutter hat früher darin gewirtschaftet.» In Gedanken versunken hielt er sein Besteck in der Luft, ohne zu essen. «Sie hat Blumen gepflanzt und aufgezogen, das war ihre große Leidenschaft. Sie hatte wohl so etwas wie einen grünen Daumen, oder zwei. Unter ihren Händen gedieh einfach alles.» Er rollte mit den Schultern und bewegte seinen Nacken, bis es knackte. Dann saß er wieder gerade. «In Staverton gibt es jedes Jahr eine Gartenschau. Dort hat meine Mutter mehrere Preise gewonnen. Es gab auch etliche Leute aus der Gegend, die zu ihr ins Gewächshaus kamen und dort Blumen geholt haben. Es war kein offizieller Laden und ich glaube nicht, dass sie jemals Geld dafür genommen hat. Vielleicht im Austausch dafür mal einen selbstgebackenen Kuchen, Marmelade oder eine schöne Decke. Aber es war wie ihre eigene kleine Blumenboutique.»

«Wie schön!», rief Ariane begeistert. «Ich habe gleich gespürt, dass es etwas Besonderes damit auf sich hat.» Dann wurde sie ernst. «Ihre Mutter, sie …»

«Sie ist vor einem halben Jahr gestorben.»

«Oh, das tut mir leid.»

«Ja, mir auch.» Er drehte sich nach dem Rollstuhl um, der hinter ihm stand. «Wenn Sie mich jetzt entschuldigen wollen. Ich bin müde, ich werde mich etwas hinlegen.»

Sofort stand Ariane auf. «Ich dachte, wir unternehmen heute Nachmittag etwas zusammen. Wir könnten doch …»

«Bemühen Sie sich nicht. Ich weiß, Sie tun Ihr Bestes, aber im Moment will ich nur schlafen.»

Ariane sah ein, dass es besser war, nicht weiter in ihn zu dringen und gab nach. Fritz war bereits bei seinem Herrn und schob den Rollstuhl neben ihn, damit er sich hineinsetzen konnte.

Mit hängenden Schultern stand Ariane da und sah ihm nach, als er hinausrollte.

Den ganzen Nachmittag blieb sie im Wohnzimmer sitzen, in der Hoffnung, dass Charles irgendwann auftauchen würde. Tatsächlich kam er gegen vier Uhr herangerollt.

«Sind Sie noch da?», fragte er.

«Ja natürlich. Warum sollte ich nicht mehr da sein?»

«Ich dachte nur.»

«Haben Sie *jetzt* Lust, etwas zu unternehmen?», fragte Ariane und bemühte sich, nicht zu übertrieben unternehmungslustig zu klingen.

«Spielen Sie Schach?», hielt Charles dagegen.

Überrascht sah Ariane ihn an. «Nein, es tut mir sehr leid, das kann ich nicht.»

«Backgammon?»

Sie schüttelte bedauernd den Kopf.

«Poker?»

Erneutes Kopfschütteln.

«Was können Sie denn? Maumau?» Er lachte, doch es klang nicht fröhlich. «Mensch-ärgere-dich-nicht?»

«Ich kann Rommé», sagte sie.

Er überhörte es. «Können Sie Mühle spielen?» Sie wollte schon den Kopf schütteln, aber er kam ihr zuvor: «Ich bringe es Ihnen bei. Es ist nicht schwer.»

Eine Weile saßen sie um einen kleinen runden Beistelltisch und mühten sich ab, besonders Ariane, die fand, dass man das Spiel nicht gewinnen konnte, oder sie verstand es einfach nicht. Jedenfalls verlor sie ständig, was ihn zwar am Anfang zu freuen schien, ihm dann aber auch missfiel.

«Können Sie Feuer machen?», fragte er unvermittelt.

Sie verneinte.

Umständlich mit dem Rollstuhl hin- und hermanövrierend zeigte er ihr, wie man Feuer machte. Dafür nahm er extra den bereits im Kamin aufgeschichteten Stoß auseinander und baute ihn neu zusammen. Ariane fühlte sich geehrt durch den Aufwand, den er ihretwegen auf sich nahm und sah es als gutes

Zeichen. Als er jedoch das Feuer anzünden wollte, blieb er am Ständer für das Kaminbesteck hängen, das mit einem lauten Krachen auf die Eisenplatte vor dem Kamin fiel. Wütend warf Charles die Späne zum Anzünden zur Seite und rollte davon, ohne Ariane noch einen Blick zuzuwerfen.

Irritiert blieb sie zurück.

Was sollte das?

Es hatte doch gerade erste Hoffnung auf Verständigung gegeben. Jetzt sah sie ihre Felle wieder davon schwimmen.

Sie war in ihr Zimmer gegangen und hatte sich gerade etwas hingelegt, da hörte Ariane ein Auto vor dem Haus vorfahren. Neugierig sah sie aus dem Fenster.

Eliza!

Erfreut beeilte sich Ariane, ihr entgegenzukommen.

«Hallo!»

«Hallo!»

«Na, wie läuft es?», fragte Eliza neugierig. Ein Blick in Arianes Gesicht beantwortete ihre Frage. «Das habe ich mir gedacht. Deshalb bin ich nochmal ,rausgekommen.»

«Danke sehr.» Ariane war wirklich erleichtert. «Ich weiß nicht, wie ich an ihn herankommen soll. Heute Nachmittag sah es so aus, als würden wir Fortschritte machen, doch dann ist er urplötzlich wütend geworden und kommentarlos abgerauscht.»

«Das sieht ihm ähnlich. Wahrscheinlich ist er nur wütend auf sich selbst», sagte Eliza. «Ich glaube nicht, dass er auf Sie wütend ist.»

«Aber …» Ariane zuckte ratlos die Schultern. *Das hilft mir auch nicht*, dachte sie.

«Jetzt kommen Sie.» Eliza legte einen Arm um Ariane und drückte sie am Oberarm. «Ich habe noch ein As im Ärmel.» Lächelnd zwinkerte sie ihrer Gefährtin zu.

Später aßen sie gemeinsam zu Abend. Erst ein Tag war vergangen, aber Ariane hatte das Gefühl, schon länger auf Livingston Hall zu sein. Tatsächlich war ihr vieles sehr schnell vertraut geworden.

Dann schoss Eliza ihren Pfeil ab. «Morgen ist die Vernissage von Olton Chaine.» An Ariane gewandt fügte sie hinzu: «Das ist einer der neuen Künstler, die ich ausstelle, ein äußerst vielversprechender Mann. Ich darf mit Stolz sagen, dass morgen eine exquisite Auswahl der Crème de la Crème unserer Gesellschaft eingeladen ist. Ein wichtiges Ereignis für mich und meine Galerie. Und Sie sollen natürlich kommen. Charles, ich hoffe, du hast die Einladung nicht vergessen.»

«Doch, habe ich. Was soll ich dort? Dass sich alle über mich amüsieren? Den Krüppel im Rollstuhl? Nein, danke.»

«Du könntest für eine Stunde mit Krücken gehen. Wie mir dein Therapeut sagte, wäre das möglich.»

«Spionierst du mir jetzt schon nach?», fragte Charles aufgebracht.

«Nein. Ich habe ihn zufällig getroffen. Da war es nur natürlich, dass ich nach dir frage.»

Charles schwieg. Eliza besaß eine natürliche Autorität, die ihr Cousin offenbar respektierte.

«Also, wirst du morgen kommen?»

«Nein.»

«Auch nicht, wenn ich dir sage, dass sehr wahrscheinlich Nora dort sein wird?»

Charles sah auf. «Nora? Warum Nora?»

«Ich habe ihre Eltern eingeladen. Sie wird es sich nicht nehmen lassen, sie zu begleiten und sich zu zeigen.»

«Aber warum hast du ihre Eltern eingeladen?»
«Weil sie zu den einflussreichsten Familien hier überhaupt gehören, wie du weißt. Wenn sie nicht eingeladen wären, hätte ich die Hälfte der anderen Gäste auch nicht einladen brauchen.»
«Obwohl du weißt …»
«Ja. Und es tut mir leid. Aber es geht ums Geschäft. Kunst lebt auch von den Menschen, die sie kaufen. Ich brauche diese Kunden, sonst kann ich zumachen. Meine Galerie liegt nicht in London oder New York. Gerade hier bin ich auf gute Kontakte angewiesen. Außerdem habe ich nicht Nora eingeladen, sondern ihre Eltern. Die können ja nichts für die Handlungen ihrer Tochter. Und ich kann Nora nicht ‚rauswerfen, wenn sie mitkommt. Aber …» Eliza sah ihren Cousin gespannt an. «…, falls ich das sagen darf – was auch immer sie getan hat, und du weißt, ich fand das nicht okay, aber, bei allem Respekt – sie ist nicht schuld an deinem Unfall.»
«Na, ist ja ein toller Trost!», sagte Charles und warf seine Gabel auf den Teller. «Das ist mir

doch egal! Es geht nicht nur um den Unfall, sondern um das, was sie davor getan hat!»

«Ja, das sagte ich schon», wiederholte Eliza. «Das war nicht in Ordnung. Aber vielleicht könnte dir ja ein Zusammentreffen mit ihr auch wieder einen Impuls geben, nach vorne zu gehen, statt nur rückwärts. Nichts anderes hast du jetzt ein halbes Jahr lang getan.»

«Vielen Dank für die Moralpredigt», sagte Charles. Provokativ sah er sich am Tisch um. «Noch jemand? Nur zu. Schenkt mir ruhig ein, ich kann es brauchen.»

«Sei nicht gleich beleidigt!», fuhr Eliza auf. «Ist doch wahr! Seit Monaten hockst du hier und bläst Trübsal! Geh raus! Sieh dem Feind ins Gesicht und fang endlich wieder an zu leben!»

«Ach, lasst mich doch alle in Ruhe!» Wütend warf Charles auch noch seine Serviette auf den Tisch. Er ruckte mit dem Stuhl zurück und griff hinter sich nach dem Rollstuhl, doch Ariane hielt seinen Arm fest.

«Ich würde sehr gerne auf die Vernissage gehen», sagte sie sanft und bestimmt. «Nur eine Stunde. Dann können wir wieder gehen. Ich war noch nie auf einer Vernissage ...»

Charles sah sie mit zusammengezogenen Augenbrauen an.

Arianes Augen funkelten. «… in England.»

Gegen seinen Willen musste Charles lachen.

Ariane lächelte ihn so lange an, bis er schließlich nachgab. (Später würde er sich noch eine Weile den Kopf darüber zerbrechen, wie sie es geschafft hatte, seine Meinung zu ändern.)

«Von mir aus. Wenn allen so viel daran liegt. Eine Stunde, keine Minute länger.» Damit stand er auf, griff sich den Rollstuhl, ließ sich hineinsinken und rollte davon.

Ariane und Eliza warfen sich ein triumphierendes Lächeln zu. Dieses Match hatten sie gewonnen.

Der Ausflug

Am nächsten Morgen schlug Charles vor, nach dem Frühstück einen Ausflug zu machen. Überrascht willigte Ariane ein. Was hatte das zu bedeuten? Hatte seine Zustimmung zur Abendveranstaltung eine völlige Kehrtwende bei ihm bewirkt? Sie bezweifelte es.

«Ich überlasse euch jetzt wieder eurem Schicksal», sagte Eliza. «Ich muss überhaupt verrückt sein, dass ich noch da bin. Ich müsste längst wieder in der Galerie sein. Wir müssen für heute Abend noch so viel vorbereiten.»

Keine fünf Minuten später war sie gegangen. Charles ließ Fritz kommen, der ihnen half, den Rollstuhl und seinen Hausherrn im Wagen zu verstauen. Offenbar hatte er ihm auch bereits gesagt, wo es hingehen sollte, denn ohne ein weiteres Wort setzte der Butler das Fahrzeug in Bewegung.

«Wie kommt dieser plötzliche Sinneswandel?», hörte Ariane sich fragen und hätte sich am liebsten auf die Zunge gebissen.

Genau das hatte sie *nicht* fragen wollen. Sie wollte nicht, dass er sich wieder zurückzog, und inzwischen meinte sie, Charles schon etwas zu kennen. Er war empfindlicher, als er vorgab zu sein. Doch es war zu spät, die Frage war heraus.

«Mein jüngerer Bruder Trevor kommt heute», sagte Charles und starrte ohne weitere Erklärung aus dem Fenster.

«Und deshalb müssen wir jetzt einen Ausflug machen?»

«Was heißt hier *müssen*? Ich dachte, *Sie* wollten unbedingt etwas unternehmen.»

«Ja, schon. Aber nicht gerade als Fluchtprogramm.» Irgendwie war es Ariane leid, um seine Gunst buhlen zu müssen. Und jetzt benutzte er sie auch noch als Vorwand. Das hatte sie nicht nötig. «Vielleicht war das alles Quatsch. Ich sollte wieder abreisen. Es tut mir leid, wenn ich Ihnen zu nahe getreten bin. Wenn Sie in Ihrem Elfenbeinturm bleiben wollen, bleiben Sie doch einfach dort.»

Unerwarteterweise schien er eher amüsiert als verärgert. Und blieb erstaunlich ruhig. «Jetzt warten Sie erst mal ab», sagte er versöhnlich.

«Ja, es stimmt, mein Bruder ist der Grund für meine *Flucht*, wie Sie es nennen. Aber vielleicht tut es mir ja wirklich gut, mal ‚rauszukommen.»

Vorsichtig beäugte Ariane ihn von der Seite. Er schien es tatsächlich so zu meinen, wie er es sagte. *Okay*, dachte sie. *Dann schauen wir mal.*

Fritz fuhr so entspannt und der Motor surrte so leise, dass man vergaß, in einem Auto zu sitzen. Wie ein Film glitt die Landschaft Devons an ihnen vorbei. Sanft gewellte grüne Hügel, weidende Schafe, Rinder, ab und zu ein paar Pferde. Ariane konnte sich nicht erinnern, wann sie das letzte Mal in Deutschland so viele Tiere auf Weiden gesehen hatte. Das hier war das reinste Naturparadies.

«Wo fahren wir hin?», fragte sie. Bisher hatte sie nichts wiedererkannt. Offenbar fuhren sie nicht durch Totnes, denn da hätten sie schon vorbeikommen müssen. «Fahren wir in den Nationalpark von Dartmoor?»

Charles schüttelte den Kopf. «Abwarten.» Ein fast spitzbübisches Grinsen zog über sein Gesicht.

Zum ersten Mal schien er bessere Laune zu haben. Ariane freute sich darüber, aus irgendeinem Grund mehr, als sie es hätte erklären können.

Sie fuhren an vereinzelten kleineren Ortschaften vorbei; sonst war es tiefste Pampa. Doch nach einer guten Viertelstunde kamen sie in einen dichter besiedelten Ort. Eine Weile fuhren sie durch ein Wohngebiet, rechts und links Einfamilienhäuser, schön ordentlich, je mit einem Auto vor der Tür. Dann stieß Ariane plötzlich die Luft aus.

«Ooooh!»

Vor ihnen am Horizont war in einem kleinen Ausschnitt das Meer zu sehen. Und bald lugte es auch überall zwischen den Häusern hervor. Ariane war begeistert. *Sie fuhren ans Meer! Wie sehr hatte sie sich das gewünscht!* Doch dann bogen sie nach links ab und der Ozean verschwand.

«Dort liegt Paignton», Charles deutete hinter sie. «Da fahren wir heute Abend hin.»

«Und wo fahren wir jetzt hin?»

«Nur nicht so ungeduldig», sagte Charles. «Wir sind bald da.»

Wenig später tauchte das Meer rechts von ihnen wieder auf. Sie fuhren jetzt direkt an der Küste entlang. Manchmal verdeckten Büsche und Bäume die Sicht, doch dann öffnete sich der Blick wieder auf die faszinierende Oberfläche der See.

Kurz darauf veränderte sich die Szenerie erneut und Ariane fühlte sich nach Spanien versetzt. Sie befanden sich in einem touristischen Ort mit einer langen Uferpromenade. Entspannte Urlauber saßen auf einem niedrigen Mäuerchen direkt über dem Wasser oder flanierten gemächlich über den breiten Bürgersteig. Auf der Straßenseite gegenüber gab es Fahrgeschäfte wie in einem Vergnügungspark und weiter vorne sah Ariane sogar ein Riesenrad. Hotels, Straßencafés und -restaurants, eins nach dem anderen. Und als weiterer Höhepunkt – ein Yachthafen.

Am meisten jedoch überraschten Ariane die Palmen. *So* hatte sie sich England nicht vorgestellt. Doch es gefiel ihr unglaublich gut. Sie ertappte sich bei der Frage, wie es wäre, hier zu leben.

Schließlich bog Fritz in einen schmalen Weg ein, der zwischen hohen Hecken lag. Mehrmals änderte der Pfad die Richtung und endete plötzlich auf einem freien Feld. Um sie herum war grünes Grasland, etwas unterhalb davon begann ein zerklüftetes Felsenplateau. Vor ihnen, so weit das Auge blicken konnte, lag das Meer. In einem grünlichen Blau in ihrer Nähe, schiefergrau in der Ferne. Darüber der Himmel hellblau mit weißen Wolken, die schnell dahintrieben. Nachdem sie aus dem Wagen ausgestiegen waren, streckte Ariane befreit die Arme aus, atmete tief ein und lachte glücklich. *Ein Traum!* Schöner konnte es nicht sein. Doch Charles hatte noch eine Überraschung für sie. Fritz hatte ihm zwei Krücken gegeben, mit denen Charles jetzt langsam ein Stück die Wiese hinunterhumpelte, während der Butler eine Decke und einen Korb hinterhertrug. Bisher hatte sie Charles noch nicht oft stehen sehen, meist nur sehr kurz, und erneut war sie von seiner Größe beeindruckt. Es passte zu seiner durchtrainierten Figur, die man im Sitzen schon wahrnehmen konnte. Er sah sehr männlich aus mit den breiten Schultern und starken, muskulösen Oberschenkeln.

Schnell war sie an seiner Seite und wollte fragen, ob sie ihm helfen konnte, doch sie sah an seinem verkniffenen Gesicht, dass sie lieber nichts sagte. Nachdem Charles auf ein Plätzchen gedeutet hatte, breitete Fritz die Decke dort aus und stellte den Korb darauf.

«Wann soll ich wiederkommen, Sir?», fragte er.

Charles sah Ariane fragend an. «In zwei Stunden?»

Sie nickte (was sie wohl zu jeder Zeitangabe getan hätte). Dabei registrierte sie erstaunt zwei Dinge: Erstens, dass Charles sie nach ihrer Meinung fragte, was sie nicht erwartet hatte. Von Eberhard war sie es gewohnt, dass er Entscheidungen grundsätzlich ohne sie traf. Und zweitens, dass Charles so lange Zeit mit ihr allein bleiben wollte. Sie konnte nur hoffen, dass es nicht so ein Spießrutenlaufen werden würde wie am Tag zuvor beim Mühlespiel.

Doch ihre Angst war unbegründet. Etwas hatte die Haltung ihres Gastgebers verändert, wofür Ariane sehr dankbar war.

«Wem oder was habe ich das zu verdanken?», fragte sie und wunderte sich über ihren Mut, derart frei mit ihm zu sprechen. Anfangs hatte er sie so eingeschüchtert, dass sie sich gestern noch ein solches Auftreten nicht hätte vorstellen können.

Charles ließ sich umständlich auf der Decke nieder und versuchte, eine bequeme Stellung zu finden. «Ich weiß nicht.» Er legte die Krücken neben sich ins Gras. «Vielleicht wollte ich mir selbst beweisen, dass ich meine guten Manieren noch nicht völlig vergessen habe.»

«Ich freue mich sehr darüber.» Arianes Lächeln war ehrlich. «Es ist wunderschön hier.»

«Danke, das freut mich auch.» Eine Weile ließ Charles den Blick über den Ozean schweifen. Dann sagte er: «Das hier ist mein Lieblingsplatz. Ich war schon lange nicht mehr hier.»

Und mich nimmt er hierher mit?

«Eigentlich darf man mit dem Auto gar nicht so weit fahren. Das ist ein Schleichweg, den ich vor Jahren entdeckt habe. Früher war ich öfter hier, aber seit dem Unfall nicht mehr.»

«Wo sind wir eigentlich?», fragte Ariane. «Da ich hier kein Internet habe, bin ich völlig uninformiert.»

«In der Nähe Torquay. Das war vorhin beim Yachthafen. Die Landspitze da vorne heißt Hope's Nose.»

Ariane lachte. «Sehr witzig.»

«Dort hat mein Vater meiner Mutter einen Heiratsantrag gemacht.»

Verblüfft sah Ariane ihren Begleiter an. «Das ist sehr romantisch.»

Versonnen sah Charles vor sich hin. «Ja, wahrscheinlich.» Dann bekam er einen bitteren Zug um den Mund. «Früher habe ich mal mit dem Gedanken gespielt, es meinem Vater gleich zu tun. Doch die Braut hatte wohl andere Pläne. Bevor ich sie fragen konnte, habe ich sie mit einem Anderen im Bett erwischt.» Er warf Ariane einen ironischen Blick zu. «Nicht sehr romantisch, oder?»

«Das tut mir sehr leid.» Ariane bemühte sich, so zu tun, als würde sie die Geschichte gerade erst erfahren haben. «Es muss schrecklich für Sie gewesen sein.»

Charles nickte, in Gedanken versunken. «Vielleicht wollte ich heute hierherkommen, um zu testen, ob ich darüber weg bin. Falls sie heute Abend tatsächlich auftaucht.»

«Nora?», fragte Ariane vorsichtig.

Er nickte.

Nach kurzem Schweigen fragte Ariane: «Und, sind Sie darüber weg?»

Er zuckte mit den Schultern. «Keine Ahnung. Zumindest macht es mir nichts aus, Hope's Nose zu sehen. Es ist immer noch *mein Platz*.» Er lächelte schief. Dann zog er den Korb zu sich und nahm eine Schüssel mit gewaschenen Trauben heraus, eine Flasche und zwei schmale, schön geschwungene Gläser.

«Haben Sie Lust auf ein Glas Champagner? Mir wäre gerade danach.»

Eine Weile später lagen sie beinahe gemütlich auf der Decke.

«Was ist eigentlich mit Ihnen los?», fragte Charles unvermittelt.

«Wie, was meinen Sie?»

«Zuerst noch eine andere Frage. Sollen wir nicht mit dem förmlichen Getue aufhören? Ich bin Charles.»

Ariane lächelte. «Ariane.»

Er gab ihr die Hand und drückte sie fest. «Sehr erfreut.»

«Die Freude ist ganz meinerseits.»

Charles behielt ihre Hand einen Bruchteil länger in seiner, als nötig gewesen wäre. Ariane registrierte es, und vielmehr noch bemerkte sie, wie angenehm die Berührung war. Warm, kraftvoll. Sie vermittelte ihr Sicherheit und Geborgenheit.

Oh je, ich bin schon leicht beschwipst, dachte sie. *Ich muss aufpassen, dass ich mich nicht zu irgendetwas hinreißen lasse, was ich später bereue.*

«Zurück zu meiner Frage», sagte er. «Du hast noch nicht geantwortet.»

«Was für eine Frage?», erwiderte Ariane verwirrt.

«Ich habe dich gefragt, was mit dir los ist. Warum fliegt so eine hübsche, junge Frau wie du nach England zu wildfremden Leuten, bereit, sich auf dem Land zu vergraben, wo Fuchs und Hase sich gute Nacht sagen? Was hast du ausgefressen?»

«Ich? Gar nichts. Ich habe überhaupt gar nichts ausgefressen.» Ariane bemühte sich, sich zu konzentrieren.

War ihr nicht schon einmal aufgefallen, dass er unbeschreiblich attraktiv war?

Vielleicht hatte sie es wegen seiner abweisenden Art vergessen gehabt. Doch jetzt konnte sie ihm kaum in die Augen sehen, weil sie das Gefühl hatte, er müsste sofort erkennen, wie anziehend sie ihn fand. Und wenn er auch noch charmant war, war er beinahe unwiderstehlich.

«Also, warum bist du hier?», fragte er noch einmal. Dabei betrachtete ihre Haare, mit denen der Wind spielte. Er wäre gern mit seinen Fingern durch die seidigen Strähnen gefahren.

«Das ist eine lange Geschichte», sagte Ariane.

«Glaub mir, wenn ich eins habe, dann ist es Zeit.»

Ariane schwieg. Sollte sie ihm wirklich das Ganze erzählen, einschließlich Eberhard? Denn im Endeffekt hatte es vor langer Zeit begonnen. Aber würde sie sich damit nicht in ein schlechtes Licht rücken? Es gab wahrscheinlich nichts Idiotischeres, als dem neuen Arbeitgeber das eigene, missratene Leben auf die Nase zu binden. Aber etwas sagte ihr, dass sie ihm vertrauen konnte.

Und so erzählte sie ihm schließlich alles. Einschließlich des Gemäldes vom Ende ihrer Ehe und einer rothaarigen Chirurgin. Vielleicht lag es am Champagner, vielleicht an der Landschaft um sie herum, in der es kein Falsch zu geben schien, nur reine, echte Wahrheit. Ariane hielt nichts zurück, und auf eine seltsame Art kam es ihr so vor, als sei sie Charles gegenüber ehrlicher und offener als bei ihrer besten Freundin.

Er unterbrach sie kein einziges Mal, nicht einmal, um eine Frage zu stellen. Er hörte einfach nur zu. Ariane merkte, wie gut ihr das tat. Vielleicht lag es sogar an diesem aufmerksamen Zuhören, dass sie sich öffnete und alles hervorholte, was sie lange Zeit verdrängt hatte.

Nachdem sie geendet hatte, fühlte sie sich wie befreit. Als hätte sie dieses dunkle Etwas, das sie so lange bedrückt hatte, endlich losgelassen. Sie wunderte sich selbst darüber. Wie hatte das geschehen können?

Durch das einfache Erzählen, noch dazu einem fast Fremden gegenüber?

Doch sie fühlte sich wohl mit Charles, auf eine ungekannte Art *sicher*. Es war ein sehr angenehmes, warmes, neues Gefühl, das sie noch nie erlebt hatte. Es war erfüllend und weckte gleichzeitig Sehnsucht nach mehr.

«Danke», sagte Charles.

«Danke wofür?»

Er sah ihr in die Augen. «Für dein Vertrauen.»

Ariane erwiderte seinen Blick. «Danke fürs Zuhören.»

«Du brauchst mir nicht zu danken. Ich bin froh, dass ich es durfte. Irgendwie hatte ich vergessen, dass andere Menschen auch Probleme haben. Ich habe nur noch mich selbst gesehen. Aber gestern, als du mich …»

Da näherte sich Fritz, um sie abzuholen. Sowohl Ariane als auch Charles hätten viel dafür gegeben, wenn es diese Unterbrechung nicht gegeben hätte. Keiner wollte gehen, und Ariane hätte liebend gerne gewusst, was er ihr hatte sagen wollen. Doch sie ließen sich nichts anmerken und taten, was von ihnen erwartet wurde, erhoben sich und machten sich auf den Rückweg.

Im Auto waren sie still. Jeder hing seinen Gedanken nach und beide spürten in sich noch die besondere Stimmung von ihrem Platz am Meer.

Als sie schon fast wieder bei Livingston Hall angelangt waren, sagte Charles auf einmal: «Jetzt wirst du vermutlich Trevor kennenlernen. Meinen kleinen Bruder.»

«Wo ist er sonst?», fragte Ariane.

«Er studiert in Cambridge. Oder was auch immer er da tut. Seit Mutter vor drei Jahren krank wurde, ist Trevor wie durch den Wind. Ich glaube, er studiert eher das Partywesen als Wirtschaft.»

«Oh. Dann war sie länger krank?»

«Ja. Wir haben sie zwei Jahre lang zu Hause gepflegt. Das heißt, wir hatten natürlich Pflegerinnen. Aber es war eine schwere Zeit. Es ging ihr oft nicht gut. Und irgendwie hat Trevor in dieser Zeit seinen Halt verloren. Ich habe es lange nicht gemerkt. Eigentlich wurde es mir so richtig erst in letzter Zeit bewusst. Davor war ich mehr mit meinem eigenen Leben beschäftigt.»

«Was machst du eigentlich beruflich?», fragte Ariane. Sie war sich darüber bewusst, dass sie den Gesprächsfluss etwas forciert in eine andere Richtung lenkte. Vielleicht lag es am Sekt, vielleicht war es unbewusste Absicht, dass ihr Begleiter über etwas Angenehmeres sprechen konnte.

«Noch so ein leidiges Thema.»

«Du musst nicht antworten», sagte sie schnell.

«Schon gut», sagte Charles, «macht nichts. Ich bin eigentlich Anwalt. Ich war gerade dabei, mit meinem damaligen Freund eine gemeinsame Kanzlei zu planen. Aber er hatte nichts Besseres zu tun, als mit meiner Fast-Verlobten ins Bett zu gehen. Danach kam … Danach hatte ich erstmal die Nase voll von allem. Seit Monaten habe ich gar nichts gearbeitet. Ob mir das wirklich guttut, habe ich noch nicht abschließend herausgefunden.»

In diesem Moment bog Fritz in die Zufahrtsstraße zum Haus ein und Charles verstummte.

Wie sich herausstellte, war Trevor noch nicht eingetroffen. Das betrübte vor allem Josy, die Bedienstete, deren besonderer Liebling er war. Ihm zuliebe hatte sie bei der Köchin sein Lieblingsessen in Auftrag gegeben und jetzt war er nicht da.

Charles und Ariane speisten ihr spätes Mittagessen allein, doch die Atmosphäre von ihrem Ausflug wollte sich nicht wieder einstellen. Beide gingen äußerst höflich miteinander um, aber auch sehr zurückhaltend. Als hätten sie zu viel von sich preisgegeben und wüssten jetzt nicht, wie sie mit dieser neuen Nähe umgehen sollten. Lieber gingen sie ein wenig auf Distanz, um die Lage zu sondieren. Dabei wären sie gern zu dem angenehmen Gefühl ihres Stelldicheins zurückgekehrt, fanden aber den Weg nicht.

«Ich würde mich jetzt gern etwas ausruhen», sagte Charles nach dem Dessert. «Heute abend soll ich mich ja in Bestform präsentieren.»

Ariane wusste nicht, ob er das ironisch meinte. Sie nickte. Insgeheim war sie froh, sich zurückziehen zu können. Auch sie brauchte dringend eine Pause. Etwas passierte hier, das sie noch nicht einordnen konnte.

«Ja, wie, hast du dich in ihn verliebt?» Gess hielt nicht viel von vorsichtiger Distanz. Zu ihrer Diagnose kam sie, nachdem Ariane ihr haarklein vom Vormittag mit Charles erzählt hatte.

«Nein, natürlich nicht.»

«Das klang aber eben ganz schön danach.» Gess ließ sich nicht beirren. Ein vorwurfsvoller Ton kam in ihre Stimme. «Ich habe gedacht, du wolltest schnellstmöglich zurückkommen.»

«Naja, so habe ich das nicht gesagt», wehrte Ariane ab. «Das war nur, als ich ankam, weil mir alle hier so fremd waren. Aber als ich das Haus und mein Zimmer gesehen hatte, habe ich ja schon gedacht, wer weiß.»

«Wer weiß, wer weiß», ahmte Gess sie nach.

«Du hast gesagt, es ist etwas Anderes, es sich nur vorzustellen oder es dann auch wirklich zu machen. Hast du das gesagt oder nicht?»

«Ich weiß nicht mehr, was ich gesagt habe. Ich weiß nur noch, dass ich dir schon bei unserem ersten Gespräch von dem Haus vorgeschwärmt habe. Das allein ist schon ein Grund, sich das Ganze gut zu überlegen.»

«Aber es klang so, als wolltest du zurückkommen.» Gess klammerte sich an ihren Strohhalm.

«Am Anfang war es ja auch schwierig und er war sehr abweisend. Aber jetzt …»

Verträumt betrachtete Ariane ein Gemälde an der Wand gegenüber ihres Bettes. Es zeigte ein paar fast nackte Nymphen an einer Badestelle im Wald. Ihre Haut leuchtete hell inmitten der dunklen Bäume. Ihre frischen Brüste, die üppigen Oberschenkel- und Gesäßpartien waren kaum verhüllt von durchsichtigen Schleiern. Zwei Nymphen lagen halb aufgestützt in einer lasziven Pose zwischen ein paar Felsen und Gras, eine dritte stand mit leicht ausgebreiteten Armen dahinter. *An was sie wohl dachten?* Von den Nymphen bisher unbemerkt waren zwei stramme Reiter, die von einem Hügel aus die Lichtung beobachteten.

«Hallooo! Ich rede mit dir!», drang Gess' Stimme an Arianes Ohr. «Hörst du mir überhaupt zu?»

«Äh, ja, natürlich. Entschuldige, ich war gerade etwas abgelenkt.»

«Und du willst behaupten, dass du nicht verliebt bist? Du kannst mir erzählen, was du willst. Ich kenne dich.»

«Ach ja, von was denn? Von den hundert Malen, die ich schon verliebt war?», wehrte sich Ariane überraschend heftig. «Ich bin nicht wie du. Ich verliebe mich nicht in jeden Mann, der mir über den Weg läuft.»

«Ein getroffener Hund bellt, oder wie war das?», fragte Gess. Aber sie war nicht beleidigt. «Und wenn schon. Dir täte es auch gut, wenn du dein Herz etwas mehr verschenken würdest. Nur musst du das nicht gerade in England machen. Hier haben die Mütter auch schöne Söhne. Komm doch wieder zurück. Wir finden hier auch noch wen für dich. Und ich brauche dich auch.»

«Jetzt warte mal ab.» Ariane ärgerte sich schon fast, dass sie ihre Freundin überhaupt angerufen hatte. Das zarte Gefühl, das an diesem Morgen aufgekommen war, konnte sie kaum noch wahrnehmen. «Vergiss, was ich dir erzählt habe. Wahrscheinlich war es einfach nur ein besonderer Moment, wie sie manchmal vorkommen, nichts weiter.»

«Ich vergesse es ganz sicher nicht», sagte Gess. «Du hast mich immerhin deswegen angerufen.»

Nach dem Telefonat versank Ariane doch wieder in ihren Gedanken. Sie schloss die Augen.

Angeregt von dem Bild mit den Nymphen sah sie vor ihrem inneren Auge, dass einer der Reiter eine starke Ähnlichkeit mit Charles aufwies. Er beobachtete sie unverhohlen, während sie nach dem Bad ihren Körper in einen durchsichtigen Schleier hüllte. Sie setzte sich ein wenig abseits von ihren Gespielinnen und lehnte sich bequem an einen glatten Felsen. Der Reiter schien langsam auf sie zuzukommen; geschmeidig bewegten sich er und sein Pferd voran. Obwohl sie im Gegenlicht das Spiel seiner Muskeln nur erahnen konnte, erkannte sie doch die Umrisse seiner kräftigen Statur und die gewaltige Kraft, die von ihm und seinem Tier auszugehen schien.

Dann wurden Arianes Gedanken diffuser, die Konzentration entglitt ihr mehr und mehr, und ohne es zu merken, schlief sie ein.

Trevor

Am frühen Abend erwachte sie wunderbar ausgeruht, duschte, zog das schönste Kleid an, das sie dabei hatte und freute sich darüber, dass sie elegante Kleidung ‚für die kulturellen Veranstaltungen' mitgebracht hatte. Gutgelaunt und in froher Erwartung des Abends ging sie nach unten.

«Ah, hallo! Da sind Sie ja!», wurde sie fröhlich auf Deutsch begrüßt. Die herzliche Begrüßung stammte von einem Mann, der wie eine jüngere Ausgabe von Charles aussah. Die gleichen braunen Haare, die blauen Augen, ein schönes Gesicht, vielleicht noch etwas hübscher und ebenmäßiger als das seines größeren Bruders. Er hätte Model sein können. Nur die Tiefe, die sein Bruder ausstrahlte, besaß er nicht. Doch er war Ariane sofort sympathisch.

«Hallo, ich bin Ariane Sommerfeldt.» Sie erwiderte seinen Händedruck.

«Mein Name ist Trevor, Trevor Livingston. Mein Bruder hat mir von Ihnen erzählt. Allerdings war kaum etwas aus ihm herauszubekommen. Sind Sie so etwas wie seine Aufpasserin? Damit er sich nichts antut?»

Überrascht starrte Ariane ihn an. «Meinen Sie, das würde er tun?»

Trevor hob abwehrend die Hände. «Keine Ahnung, ich hoffe nicht. Aber man weiß ja nie ... Eine Zeitlang ..., hätte ich dafür nicht meine Hände ins Feuer gelegt.»

Ariane nahm sich vor, Charles genauer zu beobachten. Doch bevor sie mehr zu dem Thema fragen konnte, fuhr ihr Gegenüber schon fort:

«Kommen Sie mit zur Vernissage?», fragte er. «Natürlich, blöde Frage. Deshalb sind Sie ja hier. Freut mich! Dann fahren wir zusammen!» Lachend zog er seine Jacke an.

Charles stand schon in der Eingangshalle, bereit zur Abfahrt. Er trug einen Smoking, doch entgegen Arianes Erwartung saß er im Rollstuhl. Sie hatte gehofft, er würde sich zu den Krücken aufraffen. (Dass es purer Trotz war, ahnte sie in diesem Moment noch nicht.)

Sie hatten nur auf Ariane gewartet. Kaum war sie da, gingen sie nach draußen und nahmen in dem geräumigen Wagen Platz; Fritz übernahm den Fahrdienst. Charles hätte gern neben Ariane auf der Rückbank gesessen, doch er musste zugeben, dass der Platz des Beifahrers wegen der größeren Beinfreiheit komfortabler für ihn war. Also nahm Trevor neben Ariane Platz. Zähneknirschend akzeptierte Charles, dass er *ausgebootet* wurde, wie er es im Stillen nannte, und musste während der ganzen Fahrt gequält den Flirtversuchen seines Bruders lauschen.

«Sie haben wunderschöne Augen», strahlte dieser Ariane an.

Sie wurde rot, was allerdings im dämmrigen Inneren des Wagens kaum bemerkt wurde. «Dankeschön», sagte sie. Es war ihr peinlich, dass Trevor ihr vor seinem Bruder so direkte Komplimente machte.

«Ich bin sicher, Sie bringen frischen Wind in unser verstaubtes Anwesen.» Trevor deutete mit den Augen Richtung Charles, der das nicht sehen konnte.

Ariane lächelte höflich. «Ich tue mein Bestes. Noch ist ja aber nicht klar, ob ich bleibe. Ob Ihre Familie sich für mich entscheidet ...»

«… und Sie sich für uns.» Trevor nickte. «Ich verstehe schon. Ich muss etwas Überzeugungsarbeit leisten.» Er lächelte sie zuversichtlich an. «Wie wäre es, wenn Sie morgen Nachmittag mit zu einer kleinen Segelpartie kommen? Danach werden Sie hier nicht mehr wegwollen. Die Küste ist wunderschön und eine Fahrt auf dem Meer ist so etwas wie ein Trip ins Paradies.»

Einen Trip ins Paradies hatte ich heute schon, dachte Ariane und fühlte einen Moment lang wieder jene verzehrende Sehnsucht, die sie auf dem Felsen mit Charles empfunden hatte. Während beide Brüder gespannt auf ihre Antwort warteten, versuchte Ariane, Zeit zu gewinnen.

«Haben Sie denn eine Yacht?», fragte sie mit echter Überraschung.

Trevor schüttelte den Kopf. «Doch, ja, wir haben eine, aber die wird gerade überholt. Wir fahren mit der Yacht eines meiner Freunde. Seiner Eltern, genauer gesagt.» Sein Lächeln war ungeheuer charmant.

«Ich weiß nicht», sagte Ariane zögernd. «Vielen herzlichen Dank, das ist sehr nett von Ihnen», fügte sie schnell hinzu. «Aber morgen ist mein dritter Tag hier, ich habe drei Tage Probezeit. Und ich bin ja nicht zum Segeln hergekommen. Ich würde deshalb lieber ...»

... *bei Charles bleiben*, wollte Ariane sagen, aber das erschien ihr zu aufdringlich. «... die Zeit für meine Arbeit nutzen. Ich möchte nicht, dass Mister Livingston denkt, ich wäre nur darauf aus, mich zu vergnügen.»

«Es wäre ja keine reine Vergnügungstour», sagte Trevor und suchte nach Gründen. «Es ist doch gut, wenn Sie die Umgebung Ihres zukünftigen Arbeitsplatzes besser kennenlernen, auch damit Sie über die Möglichkeiten vor Ort besser orientiert sind. Sie wären auch keineswegs mit mir allein, falls Sie das befürchten. Ein paar Freunde und Freundinnen fahren mit.»

«Du kannst gern mitgehen», sagte Charles. «Mein Bruder hat Recht. Eine Segeltour vor der Küste ist ein einmaliges Erlebnis.» Dabei fragte er sich, wie er so sehr gegen sich selbst handeln konnte.

Ariane war betroffen.

Sie hätte sich gewünscht, dass Charles darauf bestand, dass sie bei ihm blieb. Aber vermutlich erwartete sie zu viel. Wahrscheinlich empfand er gar nichts für sie. «Wenn du dir Gedanken wegen deiner Probezeit machst», fügte Charles hinzu, «wir sehen das nicht so streng. Du kannst gern länger bleiben.» Erstaunt stellte er fest, dass er es gern gehabt hätte, wenn sie länger bliebe. Ariane wäre tatsächlich gern segeln gegangen, vor allem, falls sie nicht in England blieb und das ihre einzige Chance war, diese Erfahrung zu machen. Doch ihr Gefühl sagte ihr, dass es nicht richtig gewesen wäre. Irgendwie versuchte Trevor, sie auf seine Seite zu ziehen. Ihr Herz aber wollte zu Charles. Lieber wollte sie mit ihm zusammen sein, ohne Segeltour, als mit Trevor auf der schönsten Yacht der Welt. Auch wenn die Vorstellung einer Fahrt übers Meer äußerst verlockend war. Aber tief in ihrem Inneren hatte sie das Gefühl, dass es eine Entscheidung sein könnte, die grundlegend richtungsweisend wäre. Es gab solche Momente, wo man instinktiv wusste, dass man einen hohen Preis dafür zahlen würde, wenn man sein Glück leichtfertig aufs Spiel setzte. Doch war es wirklich so dramatisch? Oder sollte sie einfach mitgehen

und sich nicht den Kopf darüber zerbrechen?
Ariane wusste nicht mehr, was richtig war.

«Ich werde es mir überlegen», sagte sie diplomatisch.

Trevor zwinkerte ihr zu. «Ich werde Sie schon noch überreden.»

Die Vernissage in Elizas Galerie war ein voller Erfolg. Viele der geladenen Gäste waren erschienen und drängten sich in den kleinen, hintereinander angelegten Räumen und sogar davor auf der Straße. Die Galerie lag an der Uferpromenade, von wo aus man eine wunderbare Sicht auf im Mondlicht schaukelnde Yachten hatte.

Charles hatte beschlossen, im Rollstuhl sitzen zu bleiben, wobei Ariane inzwischen den Verdacht hegte, dass er es weniger aus gesundheitlichen Gründen tat, als vielmehr aus Provokation oder dem Versuch, in Nora Schuldgefühle zu wecken. Nora war tatsächlich erschienen und Ariane erkannte sie instinktiv, noch bevor sie ihr vorgestellt wurde. Sie hatte eine einzigartige Ausstrahlung. Sie war schlank, hatte lange, blonde Haare, trug elegante Kleidung und dezenten Schmuck und war sehr gepflegt. Doch vor allem besaß sie ein starkes natürliches Selbstwertgefühl, das ihr mit ihrem privilegierten Leben in die Wiege gelegt worden war.

Frustriert dachte Ariane, wenn diese Frau nur noch einen Funken Interesse für Charles haben sollte, könnte sie selbst einpacken. Gegen eine derartige Souveränität kam sie sich selbst vor wie ein Schulmädchen – und das, obwohl sie in den Jahren mit Eberhard durchaus gelernt hatte, sich auf exquisitem Parkett zu bewegen.

Nach anfänglicher Zurückhaltung sprach Charles auch längere Zeit mit seiner Exfreundin. So, wie Nora ihn dabei ansah, konnte man nicht gerade von Desinteresse sprechen. Ariane spürte einen Stich der Eifersucht.

Wie konnte das sein?

Sie kannte Charles doch kaum.

Doch, sagte ihr Herz, *ich kenne ihn. Ich habe ihn heute bei Hope's Nose kennengelernt.*

Irgendwie fanden mehrere Gläser Sekt oder Champagner ihren Weg in Arianes Magen. Ein Teil von ihr genoss es, an diesem kulturellen Ereignis teilzuhaben. Die Gäste waren eine bunte Mischung aus Adel, Wohlstand, örtlicher Prominenz und mehr oder weniger illustren Kunstliebhabern, doch es waren auch einige Personen dabei, die ‚normaler' aussahen, nicht unbedingt betucht. Alle schien das Interesse an der

Kunst oder zumindest an der kulturellen Veranstaltung zu vereinen. Ariane hatte sich nie viel mit Kunst beschäftigt, doch sie fühlte sich unter diesen Leuten sehr wohl. Nach den ersten zwei Gläsern wagte sie sogar einige Gespräche mit Einheimischen und stellte zu ihrer Freude fest, dass sie sich tatsächlich unterhalten konnte.

Eliza sah sie nur kurz. Die Galerieinhaberin war völlig damit beschäftigt, sich um potentielle Interessenten zu kümmern.

Trevor kam ein paar Mal zu ihr und flirtete mit ihr, doch auch ihn trieb es immer wieder zu anderen Gästen, von denen er offensichtlich viele kannte.

Nach einer Weile stellte Ariane fest, dass sie beschwipst war, schon zum zweiten Mal an diesem Tag. Nur schlimmer.

Was war nur mit ihr los?

Normalerweise trank sie nicht viel Alkohol. Außerdem hatte sie Charles aus den Augen verloren. Um wieder klarer zu werden, ging sie vor die Tür und traf dort prompt auf den Gesuchten.

«Na, auch frische Luft schnappen?», fragte er, nachdem er ihr einen kurzen Blick zugeworfen hatte und dann wieder auf den Hafen sah.

«Mh», nickte Ariane. Sie wusste nicht, was sie sagen sollte. «Ich habe gesehen, dass du mit Nora gesprochen hast …», begann sie dann.

Er reagierte nicht, sondern sah einfach weiter vor sich hin. «Hm? Was hast du gesagt?», fragte er. «Entschuldige, ich war in Gedanken.»

«Du hast mit Nora gesprochen.»

«Mh», nickte nun auch Charles. «Sie ist sehr schön.»

Was sollte das denn bedeuten?

Wie zu sich selbst fuhr er fort: «Sie ist wirklich eine schöne Frau.»

Ariane fragte sich, ob er betrunken war.

«Und, wie war euer Gespräch?», fragte sie.

«Gut, danke. Sie hat sich mehrmals entschuldigt und gesagt, dass es ihr leidtut.»

«Das hätte ihr ja schon früher einfallen können», sagte Ariane.

«Hat sie auch, hat sie auch. Aber ich wollte nichts von ihr wissen», antwortete Charles.

«Und jetzt?» Ariane hielt den Atem an.

«Wenn ich mich nicht täusche, hat Nora mir zu verstehen gegeben, dass sie durchaus interessiert ist. Sie wollte sich mit mir zu einem Kaffee verabreden.»

«Und?»

«Und?» Zum ersten Mal sah Charles Ariane länger an. Dann hob er die Schultern und zog fragend die Augenbrauen hoch.

Sie blieben danach nicht mehr lange. Charles wollte aufbrechen. Trevor blieb noch. Einen Moment lang war er zwar hin- und hergerissen, ob er mit ihnen zurückfahren sollte, doch dann siegte seine Feierlust.

«Ich komme nach», rief er und war schon wieder abgelenkt.

Im Wagen sprachen Ariane und Charles wenig. Beide waren gefangen in ihren Hoffnungen und Ängsten. Nur einmal sagte Charles in das monotone Geräusch des Motors hinein: «Du hast dich ja sehr gut mit Trevor verstanden.»

Ariane wurde rot. «Ja, schon, er ist ja auch sehr sympathisch.»

«Über was habt ihr gesprochen?» Es klang drängend. Doch Charles unterbrach sich sofort. «Entschuldige. Das geht mich natürlich überhaupt nichts an. Vergiss es.»

Ariane war ihm jedoch für die Frage dankbar, denn sie zeigte, dass doch Hoffnung bestand. «Nichts Besonderes. Das Meiste waren Flirtversuche deines Bruders.»

«Die gut bei dir ankamen.»

Ariane wunderte sich über Charles' Direktheit.

Machte es ihm etwa wirklich etwas aus?

Sie fühlte sich geschmeichelt.

«Welche Frau hat nicht gern ein paar charmante Komplimente?», fragte sie. Dabei dachte sie am Rande ihres benebelten Bewusstseins, dass sie in nüchternem Zustand wohl nicht so sprechen würde. Sie bemühte sich angestrengt, korrekt zu sprechen. «Es war nichts dabei.»

Er sollte ihr glauben! Er sollte sich jetzt bloß nicht wieder in sein Schneckenhaus zurückziehen! Nur weil sein Bruder sie angemacht hatte! Dafür konnte sie ja nichts!

Doch für den Rest der Fahrt kam nichts mehr von ihm. Ariane hatte es schon beinahe aufgegeben, auf eine weitere Annäherung an diesem Tag zu hoffen, da geschah das Wunder.

Nach ihrer Rückkehr ins Herrenhaus übergaben sie Fritz in der Eingangshalle ihre Jacken, woraufhin dieser sich entfernte. Ariane und Charles standen einander verlegen gegenüber, Charles' Hände lagen auf den Rollstuhlreifen. Ariane öffnete schon den Mund, um gute Nacht zu wünschen, da sagte Charles plötzlich:

«Möchtest du vielleicht vor dem Schlafen noch etwas trinken?» Er wagte kaum, sie anzusehen.

Warme Freude durchströmte sie. «Ja, sehr gerne. Wobei ich, glaube ich, keinen Alkohol mehr trinken sollte. Ich denke, davon hatte ich schon genug.»

«Josy macht die beste heiße Schokolade im Land.» Zum ersten Mal lächelte Charles wieder. «Sehen wir nach, ob sie noch wach ist.»

Sie war noch wach. Eine Viertelstunde später brachte Josy zwei große Tassen heiße Schokolade ins Kaminzimmer.

«Ich habe extra das Feuer brennen lassen», sagte sie. «Ich dachte, falls Sie noch nicht gleich zu Bett gehen wollen.»

«Sie sind die Beste», sagte Charles mit Überzeugung.

«Wenn Sie noch etwas wünschen ...», bot Josy an.

«Nein danke. Vielen Dank, dass Sie aufgeblieben sind. Wir brauchen Sie heute nicht mehr. Schlafen Sie gut.»

«Dankeschön. Gute Nacht.»

Dann saßen Ariane und Charles in den bequemen Sesseln vor dem Kamin und tranken langsam ihre heiße Schokolade.

Nach einer Weile fragte Charles: «Gefällt dir Trevor?»

Ariane blickte ihm in die Augen. «Ja, er ist sehr sympathisch, wenn du das meinst. Ansonsten ...» Sie machte absichtlich eine kurze Pause, während der Charles sie gespannt ansah. «... nicht so, wie du vielleicht denkst. Ich bin nicht an ihm interessiert.»

Charles starrte ins Feuer.

«War das deine Frage?», hakte Ariane nach.

Sein ‚Hmhm‘ war schwer zu deuten. Danach schwiegen sie eine Weile, wobei Ariane die Stille als wohlig empfand, nicht als bedrückend.

Dann sagte Charles auf einmal: «Heute am Meer, das war sehr schön.»

Ariane nickte verträumt.

«Wollen wir morgen wieder einen Ausflug machen?», fragte er. «Das heißt, wenn du nicht mit segeln gehst.»

Ariane lächelte glücklich. «Ich gehe nicht mit segeln. Es wäre sehr schön, wenn wir etwas zusammen machen.»

«Weißt du eigentlich, wie sehr es mich nervt, dass ich mich nicht so bewegen kann, wie ich will?», sagte Charles ärgerlich. «Ich war immer sportlich, bin gejoggt, Kajak gefahren, geritten, geflogen. Jetzt kann ich nicht mal in die Küche gehen und mir selbst etwas zu trinken holen, ohne dafür eine halbe Stunde zu brauchen. *Ich will mich endlich wieder frei bewegen können!*»

«Warum fängst du dann nicht damit an?», fragte Ariane sanft.

«Wie meinst du das? Das mache ich doch die ganze Zeit.»

«Du könntest ein bisschen öfter laufen, weniger im Rollstuhl fahren. Du gewöhnst dich ja selbst an die Bewegungslosigkeit, wenn du die ganze Zeit darin sitzt.»

«Hm. Touché», sagte Charles nachdenklich.
«Laut deinem Therapeuten könntest du doch laufen. Und heute am Meer hast du es doch auch gemacht. War das nicht ein gutes Gefühl, dich selbstbestimmter bewegen zu können? Oder tut es zu sehr weh?»

«Nein, nicht viel mehr als sonst. Naja, etwas, besonders, wenn ich länger laufe. Aber ja, du hast Recht. Natürlich tut es gut, mich zu bewegen. Aber …» Er starrte ins Feuer. Lichtreflexe tanzten auf seinem Gesicht. «… manchmal habe ich Angst, wenn ich laufen kann, denken alle, es ist wieder alles in Ordnung mit mir. Dass sie sich keine Sorgen mehr machen brauchen.»

«Warum ist das gut? Warum sollen sich die Leute Sorgen um dich machen?»

«Weil ich verletzt bin.» Charles starrte auf sein Bein. «Ich meine nicht das hier. Ich meine hier.» Er deutete auf sein Herz. «Ich will, dass die Leute mich bedauern, dass sie *wissen*, dass ich leide.»

«Vielleicht wissen sie es ja. Aber was würde dir ihr Bedauern bringen? Du hältst dich damit absichtlich in der Rolle des Leidenden. Willst du das?»

Charles schwieg.

«Du spielst den armen, bedauernswerten Charles. Aber warum? Es ist wie ein Theaterstück. Es ist nicht echt.»

«Woher willst du denn wissen, was echt ist? Du kennst mich kaum.»

«Ich weiß es nicht. Es ist nur so ein Eindruck.»

Das Feuer knackte, ein durchgebranntes Scheit fiel auseinander und rollte zur Seite. Charles näherte sich dem Kamin, schob das Scheit mit dem Schürhaken zur Mitte zurück und legte neues Holz nach.

Nachdem er wieder bequem im Sessel saß, sagte er nachdenklich: «Es ist schon etwas dran, an dem, was du sagst. Und wenn ich nach der Antwort forsche, komme ich zu dem Schluss, dass ich wohl schlicht und ergreifend nach Liebe suche.» Mit einem entschuldigenden Gesichtsausdruck sah er zu Ariane.

Sie lächelte sanft. «Das suchen wir doch alle.» Ihre Wangen glühten. Vom Alkohol davor, von der heißen Schokolade, dem Kaminfeuer, und von einer anderen Quelle in ihrem

Inneren. Charles fiel auf, wie wunderschön sie war.

Einem plötzlichen Impuls folgend stand sie auf, stellte sich vor seinen Sessel und streckte ihm die Hände entgegen. Überrascht sah er sie an, dann nahm er ihre Hände. Sie zog nur leicht, doch die Andeutung genügte; er verstand und erhob sich ebenfalls. Schwankte ein wenig, bis er sicher auf dem gesunden Bein stand und sich mit dem anderen abstützte. Noch immer hielten sie sich an den Händen, überlegten, ob sie loslassen müssten und taten es doch nicht.

«Und, wie fühlst du dich jetzt?», fragte Ariane hoffnungsvoll.

Charles runzelte die Stirn. «Was meinst du?»

«Bist du jetzt nicht *mehr* in deiner Kraft?», fragte Ariane. «Hol dir deine Kraft zurück! Mach dich nicht selbst klein.» Dabei fiel es ihr schwer, sich zu konzentrieren.

Er hatte so blaue Augen!

Und er war ihr so nahe, dass sie ihn riechen konnte.

Wie gut er roch!

Am liebsten hätte sie ihre Arme um seinen Hals gelegt und ihn geküsst.

Auch Charles konnte nicht mehr klar denken. Er sah nur noch ihre Augen, die zarte, helle Haut ihres Gesichts und ihre sanft geöffneten Lippen. Er konnte sie nur anstarren. Dann umfasste er ihre Schultern und beugte sich langsam zu ihr vor. Ariane fühlte den sanften Druck seiner Hände und schloss hingebungsvoll die Augen. Ihre Lippen waren nur noch einen Millimeter voneinander entfernt, da erklang von draußen ein lautes Scheppern. Es klang, als würden hundert Blechteile auf einen Steinboden fallen. Charles fuhr zurück.

Im nächsten Moment wurde die Tür zum Kaminzimmer aufgerissen und Trevor erschien leicht torkelnd, mit einer Flasche Wein in der Hand.

«Tut mir leid, ich hab' Sir Roderick umgeworfen. Hab' ihn nich' gesehen.» Er kam ins Zimmer. «Hallo Ariane! Wie geht's Ihnen? Haben Sie schon unser'n Hausritter kennengelernt?»

Ariane schüttelte den Kopf.

Es war wie verhext!

Immer, wenn sie und Charles sich näherkommen wollten, wurden sie unterbrochen! Sie bemühte sich, ihre Enttäuschung zu unterdrücken. «Wer ist euer Hausritter?», fragte sie etwas steif.

«Sir Roderick! Das heißt, wenn ihn jetzt noch jemand zusammenbauen kann.» Trevor lachte über das Missgeschick.

«Eine Ritterrüstung», klärte Charles sie auf. «In der Eingangshalle. Vielleicht hast du sie gesehen.» An Trevor gewandt fügte er hinzu: «Ich hoffe, er ist nicht völlig demoliert. Kannst du nicht besser aufpassen?»

Doch Trevor hörte ihm nicht zu. Lautstark fuhr er fort: «Was macht ihr hier? Trinkt ihr etwa Schokolade? Was ist das denn für eine Babyparty? Zum Glück habe ich was anderes dabei!» Er ließ sich aufs Sofa fallen. «Ist Josy noch wach? Ich hätte Lust auf Käsetoast.»

«Josy ist schon im Bett und du solltest dich auch hinlegen», sagte Charles.

«Bringen Sie meinem Bruder das Laufen bei?», fragte Trevor belustigt. «So sieht es jedenfalls aus. Ach, wir waren ja schon beim *Du*, ganz vergessen! Tut mir leid. Ich bin Trevor.» Er verbeugte sich leicht im Sitzen. Dann sah er sich nach einem Korkenzieher um.

«Ich denke, wir legen uns jetzt am besten alle hin», sagte Charles. «Es war ein langer Tag.»
Ariane sah ihn mit großen Augen an. Sie wollte nicht, dass der Abend endete. Warum musste Trevor gerade jetzt kommen? Hätte er nicht zwei Stunden später kommen können? Oder morgen früh? Doch sie folgte Charles' Aufforderung. Sie hatte keine Lust, mit dem betrunkenen Trevor allein zu bleiben.
Sie verabschiedeten sich von dem jüngeren Bruder, der mit seinem Wein zurückblieb. Dann schob Ariane Charles zu dem Aufzug, den die Livingstons hatten einbauen lassen. Gemeinsam fuhren sie in den ersten Stock, wo sie sich vor Arianes Zimmer Gute Nacht sagten. Charles hielt Arianes Hand fest und sah ihr tief in die Augen, doch es war schwierig, sie vom Rollstuhl aus zu küssen. Und er brachte es nicht über sich, aufzustehen. Er wollte, aber etwas in ihm war noch im Widerstand.
Auch Ariane beugte sich nicht zu ihm hinunter. Es war etwas anderes, wenn man sich direkt gegenüberstand; da konnte es einfach passieren. So aber wäre es eine bewusste Handlung gewesen, und sie wollte

nicht so deutlich den ersten Schritt machen. Demzufolge blieb ihr nichts anderes übrig, als ungeküsst in ihr Zimmer zu gehen.

Doch schlafen konnte sie nicht. Sie saß auf ihrem Bett und überlegte, ob sie so spät noch Gess anrufen konnte. Doch es war bereits nach halb zwei, das war selbst für Gess zu spät. Unruhig stand Ariane wieder auf und ging eine Weile im Zimmer auf und ab, während sie sich den Kopf darüber zerbrach, was sie tun sollte.

Sollte sie zu Charles gehen?

Er hatte sie vor dem Kamin küssen wollen, das war ganz eindeutig. Also musste er auch etwas für sie empfinden. Ihr wurde ganz warm, wenn sie daran dachte.

In diesem Moment klopfte es leise an der Tür. *Charles!* Lächelnd und mit vor Freude klopfendem Herzen eilte Ariane zur Tür, um sie zu öffnen. Doch es war nicht Charles, sondern Trevor, mit einem breiten Grinsen, seiner Flasche in der einen Hand und zwei Gläsern in der anderen. Er fiel ins Zimmer, bevor Ariane sich dagegen wehren konnte. Trevor ignorierte ihren schwachen Protest, drängte sich an ihr vorbei und stieß die Tür mit dem Schuhabsatz hinter sich zu. Dabei bemerkte keiner der beiden Charles, der in einer Nische auf der anderen Seite des Flurs stand.

«Jetzt können wir endlich in Ruhe auf uns anstoßen!» Der jüngere Bruder durchquerte das Zimmer, stellte die Gläser auf den Tisch der Sitzgruppe und ließ sich aufs Sofa fallen. Dabei fiel Ariane sein sportlich-dynamischer Gang auf.

«Das geht nicht!», rief Ariane, die endlich ihre Sprache wiederfand.

Wenn Charles das gesehen hätte! Danach hätte sie nie mehr eine Chance bei ihm!

«Du kannst nicht hierbleiben. Bitte geh wieder.»

«Aber warum? Wir können doch noch ‚n Schlummertrunk zu uns nehmen, bevor wir ins Bett gehen. Ich würd' dich sehr gern näher kennenlernen. Ich weiß noch gar nichts von dir.» Er lächelte sie mit seinem charmantesten Lächeln an und Ariane dachte erneut, dass er wirklich sehr gut aussah. Allerdings zeigten seine geröteten Augen und der verschleierte Blick unmissverständlich, dass er bereits betrunken war. Außerdem hatte sich ihr Herz bereits entschieden.

«Du hast schon genug getrunken, glaube ich», sagte Ariane. Sie stellte sich auffordernd neben ihn und wiederholte ihre Bitte: «Geh jetzt bitte. Es ist schon sehr spät.» Dann wandte sie sich ab, um ihr Desinteresse zu signalisieren.

Es dauerte jedoch noch etwas, bis ihre Worte zu ihm durchdrangen. Als ihre Strenge nichts nutzte, versuchte sie es mit Engelszungen, doch auch das half nichts. Schließlich war Ariane wirklich gereizt und das merkte dann auch Trevor, der sich müde erhob und endlich ging.

Charles stand nicht mehr in der Nische.

Falsche Schlüsse

Am nächsten Morgen kam Ariane langsam zu sich und vernahm entferntes Glockenläuten. Es war das erste Geräusch, das sie hier auf dem Land von draußen hörte. Wie ruhig es sonst immer war! In ihrer Stadtwohnung hatte sie nie groß über Lärm nachgedacht. Doch seit sie hier war, hatte sie angefangen, die Stille schätzen zu lernen. Sie empfand es als sehr angenehm, nicht ständig von einer Geräuschkulisse umgeben zu sein, ganz besonders die Abwesenheit von Verkehrslärm war wunderbar. Das sonntägliche Läuten kam ihr fast bescheiden und zurückhaltend vor. Es störte nicht im Geringsten.

Solange sie noch dahindöste, konnte sie das unangenehme Gefühl in Kopf und Mund verdrängen. Doch als sie die Augen öffnete und sich bewusster ums Wachwerden bemühte, bemerkte sie Kopfweh und einen schalen Geschmack auf der Zunge. Und dann … Langsam fiel ihr wieder ein, dass sie noch mit Charles im Kaminzimmer gesessen war, und …

Oh nein! Trevor war in ihrem Zimmer gewesen! Höchst unangenehm!

Wenn Charles das mitbekommen hatte, wäre wohl alles aus mit der zarten Hoffnung. Warum hatte nicht *er* klopfen können? *Ihn* hatte sie sehen wollen.

Sie musste unbedingt herausfinden, ob alles in Ordnung war. So schnell ihr Körpergefühl es zuließ, zog Ariane sich an und machte sich zurecht. Dabei registrierte sie abwesend, dass Gess dreimal angerufen und mehrere Nachrichten geschickt hatte. Damit konnte sie sich vorläufig jedoch nicht beschäftigen. Sie würde sich später darum kümmern.

Auf dem Weg nach unten versuchte Ariane, sich zu beruhigen. Wahrscheinlich machte sie sich zu viele Gedanken.

Kaum im Esszimmer angekommen, sagte ihr ein Blick in Charles' Gesicht das Gegenteil. Er sah sie an, als sei sie eine Fremde. Ariane fühlte einen heftigen Stich. Beinahe hätte sie übersehen, dass sein Rollstuhl nirgends stand und ihr Gastgeber auf einem normalen Stuhl saß. Neben dem Tisch lehnten zwei Krücken.

«Na, gut geschlafen?» Sein Ton war sarkastisch und abweisend.

«Ja, vielen Dank. Und du?» Innerlich zitterte sie.

Was war mit ihm?

«Nicht besonders. Es schläft sich nicht sonderlich ruhig, wenn man den nächsten Mitmenschen in den eigenen vier Wänden nicht trauen kann. Aber Hauptsache, allen anderen geht es gut.» Er nahm sich einen Toast und bestrich ihn mit Butter. «Heute ist der letzte Tag deiner Probezeit. Ich nehme an, du gehst mit Trevor auf die Segeltour.» Es war keine Frage, nur eine Feststellung.

Der zweite Stich. Ariane bemühte sich, ruhig zu bleiben. Sie setzte sich und legte eine Serviette auf ihren Schoß. Dann sagte sie bestimmt: «Nein, ich gehe nicht mit. Ich dachte, das hätte ich gestern schon gesagt.»

«Das sah aber heute Nacht anders aus.»

Ariane wurde rot. Ihr Herz klopfte bis zum Hals. «Warum? Was meinst du?»

«Du hast wenig Scheu, deinem potentiellen Arbeitgeber Hörner aufzusetzen, noch dazu so schnell. Hast in nur zwei Tagen gleich beide Herren des Hauses für dich eingenommen. Das muss ja ein Hochgefühl sein!»

Seine Worte taten Ariane weh. Sie versuchte sich zu sagen, dass er nur so sprach, weil er selbst verletzt war, doch es fiel ihr schwer. «Es ist nicht so, wie du denkst. Es war …»

Charles unterbrach sie. «Spar dir deine Erklärungen. Ich weiß schon, wie …»

In diesem Moment kam Trevor ins Esszimmer. In der Hand balancierte er ein Wasserglas mit einer zischenden Brausetablette darin. «Guten Morgen! Habt ihr auch so einen Brummschädel? Mir geht's echt elend. Ich habe schon eine Tablette genommen und trotzdem entsetzliche Kopfschmerzen.» Er ließ sich auf den Stuhl neben Charles fallen und lächelte Ariane schief an, die ihm gegenüber saß. «Vielleicht hilft ja ein ordentliches Frühstück.» Dann wurde ihm bewusst, dass die Stimmung am Tisch offensichtlich etwas frostig war. «Was ist los? Habt ihr euch in den Haaren, so früh am Tag? Bitte keine Diskussionen jetzt, das verträgt mein Kopf nicht.» Er machte sich in aller Ruhe ans Essen und langte ordentlich zu.

Ariane versuchte, ruhig zu bleiben, doch in ihr brodelte es. Sie wollte unbedingt mit

Charles allein sprechen, musste aber wohl oder übel bis nach dem Frühstück warten. Dabei fragte sie sich, warum Charles, der seinen Bruder argwöhnisch beobachtete, nicht merkte, dass es in Trevors Verhalten keinerlei Anzeichen dafür gab, dass er die Nacht mit ihr verbracht hatte. Trevor benahm sich völlig natürlich. Das allein hätte Charles doch schon über die Wahrheit aufklären müssen. Doch entweder wollte oder konnte er das Offensichtliche nicht erkennen. Nachdem sie endlich mit Anstand aufstehen konnten, verabschiedete sich Charles Richtung Kaminzimmer und handhabte dabei seine Krücken auffallend geschickt. Ariane mutmaßte, dass er sehr wohl damit umgehen konnte und vielleicht sogar schon besser lief, als er vorgab. Sie folgte ihm schnell, doch bevor sie den Mund öffnen konnte, war Trevor ihnen gefolgt und setzte sich ohne jede Hemmung dazu. Ariane hätte am liebsten geschrien.

«Mann, das war ja gestern mal wieder eine echt gute Party», sagte Trevor.

Charles blätterte in der Sonntagszeitung, die er vor sich hielt. Ohne aufzusehen fragte er:

«Machst du eigentlich überhaupt etwas anderes als Partys zu feiern?»

Doch die Kritik prallte an Trevor ab. «Ja, klar», grinste er. «Manchmal mache ich auch die Nächte durch.» Mit einem schuldbewussten Blick zu Ariane ergänzte er schnell: «Oh, entschuldige bitte. So war das nicht gemeint.»

Sofort ließ Charles die Zeitung sinken und sah misstrauisch von seinem Bruder zu Ariane. «Was war nicht so gemeint?»

«Ariane weiß schon, was ich sagen will.»

Ariane hätte gerne gefragt, was genau Trevor sagen wollte, denn es war ihr keineswegs klar. Aber sie wollte nicht den Eindruck erwecken, als sei sie an Trevor interessiert. Auch wollte sie das Gespräch mit ihm nicht noch schüren. Stattdessen wünschte sie mit jeder Faser, dass er sie endlich allein lassen würde. Doch Trevor dachte nicht daran.

«Ach, vergiss es», meinte er zu seinem Bruder. «Ich bin noch nicht richtig wach. Vielleicht sollte ich erst mal etwas Anständiges trinken.» Träge suchte er unter den Flaschen, die neben ihm auf einem Beistelltisch standen, fand jedoch anscheinend nicht das Richtige. «Wie wär's mit einem Aperitif?»

«Du hast doch gerade erst gefrühstückt», sagte Charles.

«Na, und? Was dagegen?»

«Und du bist noch alkoholisiert von gestern.»

«Na und?»

«Okay, du bist alt genug. Du musst wissen, was du tust.»

«Eben.» Damit klingelte Trevor nach Josy und bestellte etwas zu trinken. Dann sah er Ariane an: «Was ist mit der Segeltour? Kommst du mit? So etwas siehst du nicht alle Tage.»

Charles blätterte geräuschvoll in der Zeitung. «Bis ihr geht, ist es viel zu spät. Ihr hättet heute Morgen losfahren müssen.»

«Papperlapapp!», rief Trevor. «Wenn wir nach dem Mittagessen gehen, haben wir locker noch ein paar Stunden auf dem Wasser. Wir müssen ja keine Tagestour machen. Nur uns ein bisschen frischen Wind um die Nase wehen lassen.» Nach einem Zögern sagte er beinahe widerstrebend: «Du könntest deinen Kopf auch mal wieder von einer Meeresbrise durchwedeln lassen.»

«Nein, danke», sagte Charles. «Vielleicht ist es dir entgangen, aber ich saß bis gerade eben noch im Rollstuhl. Ich fange gerade erst wieder an, laufen zu lernen. Da muss ich nicht gleich auf einem wackeligen Boot stehen.» Nach einer kurzen Pause fügte er hinzu: «Aber danke der Nachfrage.»

So ging es weiter bis zum Mittagessen. Es sah nicht danach aus, als ob Trevor bald gehen würde und Ariane fiel nichts ein, womit sie Charles hätte aus dem Zimmer locken können. Sie kam sich fast überflüssig vor.

Es fand eine Art Schlagabtausch zwischen den Brüdern statt, bei dem sie miteinander um etwas rangen, das sie zwar nicht direkt benannten, das aber dennoch im Raum hing. Und keiner wollte nachgeben. Offenbar war einer der drei Anwesenden zu viel, doch es war unklar, wer. Ariane fragte sich, ob sie es sein würde, die den Kürzeren zog. Brüderliebe war schließlich stärker. Sie selbst war nur ein neues Glied im Gefüge; zu ihr bestand noch keine stabile Bindung. Und vielleicht ging es nicht mal um sie. Wahrscheinlich machte sich keiner der

Brüder viel aus ihr. Es war wohl eher ein sportlicher Wettkampf zwischen den beiden.

Wer weiß, wie oft sie das schon ausgefochten haben, dachte Ariane resigniert.

So sank ihre Zuversicht, während sie sich gleichzeitig darüber ärgerte, dass es nicht möglich war, mit Charles allein zu sprechen.

Beim Mittagessen kam es zu einer leichten Entspannung; sie sprachen über belanglose Themen. Als sie gerade den Nachtisch genossen, eine leichte Zitronencreme mit Krokantstreuseln, kamen Trevors Freunde, um ihn abzuholen.

Trevor warf Ariane einen bittenden Blick zu. Es war seine letzte Chance. «Willst du nicht mitkommen?», fragte er voller Gefühl.

Sie schüttelte den Kopf. Sie war sich darüber bewusst, wie wichtig ihre Entscheidung war, um klar Stellung zu beziehen. Ihre Stimme klang fest, als sie sagte: «Nein, danke. Das ist sehr lieb von dir, aber ich bleibe hier.»

«Ist das so.» Unentschlossen stand Trevor neben dem Tisch, während seine Freunde warteten. Dann gab er sich einen Ruck und versuchte zu lächeln. «Okay, ja, schade. Da kann man nichts machen. Dann wünsche ich euch noch einen schönen Tag!»

Weg war er.

Sie hörten, wie er mit seinen Freunden auf dem Weg nach draußen lachte.

«So», sagte Charles.

«Ja», sagte Ariane. «Vielleicht können wir jetzt miteinander sprechen?», fragte sie und konnte nicht vermeiden, dass sie sich nervös anhörte.

«Ich wüsste nicht, was wir miteinander besprechen sollten», sagte Charles und klang wieder so kalt wie ein Eisblock.

«Ich möchte dir nur sagen, falls du etwas gesehen hast …» Sie brach ab. Wie sie es drehte und wendete - alles, was sie zu ihrer Rechtfertigung sagen wollte, klang, als wäre sie schuldig. Dann fiel ihr eine bessere Lösung ein: «Was hast du denn gesehen?»

«Das fragst du?» Obwohl Charles sich betont desinteressiert gab, schien er nur auf das Stichwort gewartet zu haben. «Gestern Nacht vor dem Kamin …, ich dachte, da war etwas zwischen uns. Eigentlich hatte mein Bruder uns doch nur unterbrochen. Ich dachte …» Er hielt inne.

Atemlos wartete Ariane darauf, dass er fortfuhr.

«Ich dachte …», fuhr Charles fort. «Aber da habe ich mich wohl geirrt. Nur wenig später lagst du in seinen Armen.»

«Das stimmt ja überhaupt nicht!», rief Ariane aufgebracht. *Also hatte er es doch gesehen!* «Ich lag überhaupt nicht in seinen Armen! *Er* kam in mein Zimmer … Er hat geklopft, kurz nachdem *wir* uns getrennt hatten. Ich dachte, *du* wärst es.»

«Wie», sagte er beinahe verwirrt. Man sah ihm an, dass ihn diese Möglichkeit überraschte, als hätte er tatsächlich nicht daran gedacht.

«Natürlich habe ich gedacht, dass du es bist. Denkst du etwa, ich habe auf deinen Bruder gewartet? Warum sollte ich?» Sie fühlte, wie Charles schwankte.

Doch er hakte noch einmal nach: «Aber warum hast du ihn nicht sofort hinausgeworfen?»

«Hab' ich ja. Er war nur nicht so leicht zu überzeugen. Du weißt ja, dass er angeheitert war. Aber er war nicht lange bei mir. Und, nur zu deiner Information, auch wenn ich das nicht sagen müsste …», sie versuchte ein vorsichtiges Lächeln, «wir haben uns nicht geküsst oder so etwas. Er wollte mich nur überreden, noch etwas mit ihm zu trinken, das war alles.»

«Wirklich?» Charles‘ Stimme klang sanfter. Nach einem kurzen Schweigen sagte er: «Wenn das so ist, dann bitte ich dich um Entschuldigung. Es war blöd von mir.»

Ariane lächelte. «Ist schon gut.» In Wirklichkeit war sie unendlich glücklich darüber, dass er ihr glaubte.

«Nein, wirklich. Manchmal reagiere ich über. Besonders wenn …»

«Wenn …?»

«Wenn mir jemand wichtig ist.»

Ariane fühlte sanfte Wärme ihre Wangen aufsteigen. Diesmal lächelte sie nicht nur mit ihrem Gesicht, sondern mit ihrem ganzen Herzen.

Geborgenheit

«Hast du Lust auf einen kleinen Ausflug? Ich möchte dir etwas zeigen.» Charles sah sie abwartend an.

«Ja, gerne. Immer.»

Sie riefen Fritz, der sie das kurze Stück bis nach Staverton fuhr.

«Wie du siehst, leben wir hier in der tiefsten Pampa.» Charles wies auf die Hauptstraße. «Es gibt einen Pub, und, falls man dort einmal in Not gerät, haben wir sogar eine öffentliche Telefonzelle.»

Ariane lachte. Sie fühlte sich besser als seit hundert Jahren.

Charles grinste auch. «Und falls man im Pub an einem seltenen Glückstag jemanden von außerhalb treffen sollte, gibt es sogar zwei Briefkästen für den späteren Briefverkehr. Aber die Wahrscheinlichkeit, hier jemanden von auswärts kennenzulernen, liegt eher bei Null.»

«Warum?», fragte Ariane. «Du hast mich doch auch hier kennengelernt. Und du musstest dafür nicht mal in den Pub gehen.

Du konntest sogar zu Hause bleiben.» Sie lächelte.

«Touché.» Charles nickte anerkennend. «Da hast du Recht. Ich glaube, ich muss mich bei Eliza bedanken. Zuerst war ich völlig dagegen, jemanden einzustellen und hielt ihren Vorschlag für eine absolute Schnapsidee.» Er warf Ariane einen Seitenblick zu. «Aber jetzt fange ich an, echte Dankbarkeit zu empfinden.»

Ariane sah aus dem Fenster, um zu verbergen, wie sehr seine Worte sie freuten. Dann fiel ihr plötzlich ein unangenehmes Thema ein, ohne dass sie wusste, wo das auf einmal herkam. Am liebsten hätte sie es verdrängt, besonders jetzt, wo die Stimmung so gut war und sie diese nicht kaputtmachen wollte. Doch es drängte sich aus ihr heraus. «Was ist eigentlich mit Nora? Wirst du dich mit ihr treffen?»

Charles' Zögern dauerte nur den Bruchteil einer Sekunde. «Nein. Werde ich nicht.» Er fuhr mit der Hand am Gurt entlang. «Ich habe gestern Abend festgestellt, dass sie zwar nach wie vor sehr schön ist, da hat sich meine Meinung nicht geändert. Aber meine Gefühle für sie sind nicht mehr die gleichen. Sie bedeutet mir nichts mehr. Sie ist für mich nur noch eine Ex-Geliebte, die mich mal enttäuscht hat. Es gibt keinen Grund, sie zu treffen.» Er sah Ariane prüfend an. «Antwort genug?»

Ariane nickte ruckartig.

Kurz darauf hielt Fritz den Wagen am Straßenrand. Links von ihnen lag ein weiter brauner Acker, dahinter in der Ferne die sanften grünen Hügel, die sie so lieben gelernt hatte. Rechts von ihnen lag hinter einem verwitterten Mäuerchen eine Kirche. Überrascht stieg Ariane aus.

Was wollte er in einer Kirche?

Charles nahm seine Krücken, humpelte vor ihr her zum Eisentor und ließ es sich nicht nehmen, trotz seiner Einschränkung die Tür aufzuhalten. Der Butler blieb im Wagen.

Zuerst besuchten sie das altertümliche Bauwerk. Der massige, mit Zinnen gekrönte Turm und der ebensolche Überbau über dem Eingang verliehen dem Ganzen eher das Aussehen einer Festung als eines religiösen Gebäudes. Doch es vermittelte Sicherheit und Geborgenheit.

Im überdachten Eingang musste Ariane helfen, denn nur unter Einsatz ihres ganzen Gewichts bewegte sich die alte Tür. Im Inneren wurde Ariane von der Architektur überrascht, die anders war, als sie es von deutschen Kirchen kannte. Weiß gestrichene Bogenreihen mit zum Teil braunen Steinen, die sie eher an eine maurische Moschee erinnerten, ein hölzernes Dach über dem Mittelschiff und eine beeindruckende, reich geschnitzte Chorschranke. Charles setzte sich in eine der nächstliegenden Bänke, während Ariane feierlich durch das Gotteshaus schritt und alles bestaunte. Was sie sah, war wunderschön. Als sie langsam zu Charles zurückkehrte, sah er sie unverwandt an. Neben ihm angekommen, hätte sie am liebsten nach seiner Hand gegriffen, wagte es aber nicht.

Danach spazierten sie draußen über den Weg, der zwischen Kirche und Friedhof verlief. Anders als die sorgsam strukturierten Reihen von deutschen Friedhöfen gab es hier ein grasbewachsenes Feld, auf dem ohne jegliche Abtrennung oder Einzäunung verstreut Grabsteine standen. Das Zwitschern von

Vögeln war das einzige Geräusch, das die tiefe Stille durchbrach.

«Es ist so friedlich», sagte Ariane.

Charles nickte. «Ich komme gerne her. Meine Eltern haben hier geheiratet. Und … sie sind hier begraben.» Er hielt kurz inne. «Aber ich komme nicht nur deswegen, sondern weil ich diesen Ort mag, den Frieden, der über allem liegt.»

«Das verstehe ich gut», stimmte Ariane zu. «In Deutschland weiß ich nicht, ob ich gerne auf Friedhöfe gehe, aber hier ist die Atmosphäre ganz anders. Es ist richtig idyllisch.»

Langsam spazierten sie zu dem Grab seiner Eltern. Die Blumen, die davor standen, waren nicht mehr ganz frisch.

«Ich hätte frische Blumen mitbringen sollen», sagte Charles.

«Wir können ja morgen welche besorgen und herbringen», schlug Ariane vor.

«Meinst du?» Die Idee schien ihm zu gefallen. Dann deutete er auf eine Bank. «Lass uns eine kleine Pause machen.»

«Was ist mit Fritz?»

«Was soll mit ihm sein?»

«Wenn er so lange warten muss.»

«Mach dir um den keine Sorgen. Fritz wartet auch bis morgen, wenn es sein muss.»

«Ihr führt schon ein sehr privilegiertes Leben», sagte Ariane.

«Ich weiß. Und ich bin dafür auch wirklich dankbar.»

Sie setzten sich. Charles lehnte seine Krücken an die Bank, doch sie fielen sofort um. Ariane wollte sie aufheben, aber Charles deutete an, dass sie sie liegen lassen sollte. Danach saßen sie ein paar Minuten und genossen die unglaubliche Ruhe.

Der Ort hat etwas Magisches, dachte Ariane.

«Was ist eigentlich mit deinem Unfall?», fragte sie dann unvermittelt. «Willst du darüber sprechen?»

«Bis jetzt habe ich noch nie darüber gesprochen», sagte Charles. «Eigentlich gibt es auch nicht viel zu erzählen. Interessiert es dich wirklich?»

Ariane nickte energisch.

«Also gut. Es war vor einem halben Jahr an einem Samstag. Nora und ich hatten uns ein paar Tage nicht gesehen, weil sie geschäftlich in London war. Samstags wollte sie früh in

Paignton zurück sein, wo sie wohnte. Wir hatten ausgemacht, dass sie nachmittags zu mir ,raus nach Livingston Hall kommt.» Charles knetete seine Finger. «An dem Tag wollte ich ihr einen Antrag machen. Dafür hatte ich vor, mit ihr ans Meer zu fahren, du weißt, wohin. Aber dann kam mir die Superidee, sie schon morgens bei ihr zuhause zu überraschen.» Er lachte sarkastisch. «*Superidee*! Ich hatte einen Schlüssel zu ihrer Wohnung, und offenbar haben sie sich vollkommen sicher gefühlt. Sie hatten nicht mal abgeschlossen oder den Schlüssel stecken lassen. So kam ich in den Hochgenuss, die Frau, die ich um ihre Hand bitten wollte, mit meinem Freund und Beinahe-Geschäftspartner in den Kissen hüpfen zu sehen. Irrtum ausgeschlossen.»

Arianes Gesichtsausdruck spiegelte Mitgefühl. Während sie langsam den Kopf schüttelte, war ihr innerer Blick auf die Vergangenheit gerichtet. Als sie schließlich sprach, war es, als spräche sie zu sich selbst: «Wie gut ich dich verstehen kann.»

Beim Ton ihrer Stimme horchte Charles auf. Er erinnerte sich daran, dass sie das Gleiche erlebt hatte.

Die rothaarige Chirurgin, das hatte er nicht vergessen. Das Bild war so einprägsam, als hätte er es selbst gesehen. Er rückte näher an Ariane heran und legte ihr, aus Scheu vor einer Zurückweisung, beinahe ungeschickt den Arm um die Schultern. Doch er hätte sich keine Sorgen machen müssen. Instinktiv kam Ariane seiner Umarmung entgegen, als hätte sie nur darauf gewartet, schmiegte sich an den warmen Körper, spürte seine Muskeln an ihrer Seite. Charles verstärkte den Druck seiner Arme, nun wieder selbstsicherer, und zog sie noch inniger an sich. Eng umschlungen hielten sie sich fest.

«Und dann?», fragte Ariane, an seine Brust gekuschelt. «Warum bist du geflogen?» Sie hielt kurz die Luft an, weil sie sich verraten hatte. «Entschuldige, aber Eliza hat mir ein bisschen von deinem Unfall erzählt.»

«Das macht nichts. Ich dachte mir schon, dass sie dir irgendwas erzählt hat. Sonst hättest du wohl schon früher gefragt.» In seiner Stimme klang ein Lächeln. «Nein, ehrlich, es ist in Ordnung. Tja, danach war ich wie kopflos. Ich konnte nicht mehr klar denken. Ich hab' mir erst mal ein paar Whiskey Sour genehmigt, keine Ahnung, warum ich dachte, dass das hilft. Irgendwann kam ich dann auf die Idee, zu fliegen.»

«Du warst betrunken?»

«Nicht sehr. Aber nüchtern war ich auch nicht mehr.» Charles schwieg kurz. «Glaub mir, ich bin nicht stolz darauf. Ich hab' mich ins Segelflugzeug gesetzt, obwohl der Mechaniker mich gewarnt hat, dass sie die Ursache für ein Geräusch noch nicht gefunden hatten. Also doppelt idiotisch. Aber mir war alles egal. Vielleicht habe ich es sogar provoziert. Und bekam prompt die Rechnung dafür. Man kann das Schicksal nicht herausfordern. Das hat überhaupt keinen Sinn.»

«Was passierte dann?»

«Es kam, wie es kommen musste. Nachdem ich ein Stück geflogen war, ich würde sagen, keine Viertelstunde, da bekam ich Zweifel. Ich merkte, dass ich nicht ganz flugtüchtig war und wollte den Segelflieger auf den Boden bringen. Ich versuchte umzukehren, doch der Wind war ungünstig, ich brauchte den Motor. Aber der reagierte nicht so, wie ich es wollte. Ich konnte die Maschine nicht mehr richtig unter Kontrolle bringen. Und dann ging es schneller abwärts, als mir lieb war.»

Ariane setzte sich erschrocken auf und starrte Charles an. Instinktiv suchte sie nach seiner Hand und drückte sie voller Mitgefühl.

«Ich hab' ein bisschen Flugerfahrung», er grinste schief. «Deshalb konnte ich sie halbwegs auffangen und es kam zu einer mehr oder wenigen glimpflichen Bruchlandung. Im Endeffekt kann ich froh sein, dass ich überhaupt noch lebe. Das hätte auch ganz anders ausgehen können.»

Wieder drückte Ariane seine Hand. Sie war kurz davor, ihn vor lauter Anteilnahme zu küssen.

«Nur hatte ich trotzdem noch eine so hohe Geschwindigkeit, dass ein härterer Aufprall nicht zu vermeiden war. Dabei war irgendwie mein Bein im Weg.» Er zog bedauernd die Schultern hoch.

«Du Armer!», sagte Ariane impulsiv. «Das tut mir so leid!»

«Dankeschön», sagte er. «Aber das Schlimmste ist überstanden. Ich bin noch da. Wie sagt man so schön? Unkraut vergeht nicht.» Er zog sie wieder in seine Arme. «Und mir scheint, dein Weg war auch nicht immer ein Spaziergang.»

Ariane lächelte wehmütig.

«Da haben sich ja zwei gefunden», sagte Charles und strich ihr liebevoll über die Haare. «Wie erstaunlich sind doch die Wege des Universums. Da führt es auf so ungewöhnliche Art zwei Menschen zusammen, sie sich sonst nie begegnet wären, und die doch genau das Gleiche erlebt haben.» Sanft hob er ihr Kinn und sie blickte ihn mit großen Augen an.

«Meinst du, es ist Schicksal, dass wir uns begegnet sind?», fragte er.

Während sie ihren Mund öffnete und ein lautloses ‚Ja‘ hauchte, kam Charles näher und küsste sie auf die Lippen. Langsam und sanft, als hätten sie alle Zeit der Welt, wiederholten sie den einfachen Kuss wieder und wieder, staunend über das, was ihnen geschah, vorsichtig, um nichts falsch zu machen. Bis die Natur unwillkürlich ihren eigenen Lauf nahm, ihre Lippen inniger miteinander verschmolzen und der Kuss lebendiger und leidenschaftlicher wurde.

Es dauerte eine Weile, bis sie damit aufhören konnten. Dann lösten sie sich ein wenig voneinander, ein bisschen verlegen alle beide. Sie sahen sich an und mussten plötzlich laut lachen.

Charles kamen fast die Tränen. Seit langem hatte er sich nicht so befreit gefühlt. «Wir sind auf einem Friedhof und küssen uns *so!*»

«Ich glaube, sie verstehen uns.» Immer noch lachend, deutete Ariane auf die Wiese.

Charles zog Ariane erneut an sich und drückte sie fest. Seine Stimme klang rau. «Ich habe mich in dich verliebt», sagte er. «Und ich danke dem Himmel, dass er mir dich geschickt hat.» Zärtlich küsste er sie, immer wieder. «Ich würde mich über alle Maßen freuen, wenn du bei uns bleiben würdest.»

Ariane lächelte ihn an. «Mal sehen». Dabei war sie so glücklich, dass ihr Herz jubilierte.

Eine Weile blieben sie noch auf der Bank sitzen, genossen ihr Glück und küssten sich verliebt, bis andere Besucher den Kirchhof betraten.

«Und jetzt?», fragte Charles. «Möchtest du noch woanders hinfahren?»

Ariane schüttelte sanft den Kopf. «Am liebsten würde ich nach Hause gehen.»

Ein bisschen gewagt, dachte sie, *es schon als ‚Zuhause' zu bezeichnen.* Doch genauso empfand sie es.

Er fand offenbar nichts dabei. «Wie die Dame wünscht», sagte er fröhlich. «Nichts lieber als das!»

Auf der Rückfahrt fiel es ihnen schwer, sich nicht zu berühren. Zumal Charles diesmal mit auf der Rückbank saß. Doch sie wollten Fritz nicht vorschnell über die veränderte Situation informieren. So loyal er auch war, mussten sie dennoch annehmen, dass es dann bald das ganze Personal wüsste.

Also bemühten sie sich, bis zur Ankunft im Herrenhaus möglichst *normal* zu wirken. Dabei klopfte beiden das Herz bis zum Hals. Auf ihren Lippen spürten sie noch die Küsse von den Augenblicken zuvor, und sie malten sich ungefähr hundert Möglichkeiten aus, wie es mit ihnen gleich weitergehen würde.

Was allerdings tatsächlich geschehen sollte, darauf wären sie im Traum nicht gekommen.

Überraschung

Zu Hause angekommen hörten sie schon in der Eingangshalle lautes Gelächter mehrerer Stimmen. In einer Ecke stand ein Rollkoffer, wie Charles verwundert bemerkte.

«Erwartest du Besuch?», fragte er Ariane, während Fritz ihm aus der Jacke half.

Sie schüttelte den Kopf. «Nein, warum?»

«Na, wegen dem Gepäck.» Charles deutete auf den Koffer.

Ariane fielen fast die Augen aus dem Kopf.

Das war der Koffer von Gess! Wie kam der hierher? Ariane wurde rot. *Was hatte das zu bedeuten? Hoffentlich war nichts Schlimmes passiert.*

«Das ist, glaube ich, der Koffer von einer Freundin von mir», sagte sie langsam. «Aber ich verstehe nicht …»

Zuerst sah Charles sie stirnrunzelnd an, dann forderte er sie auf, ihm zu folgen. Zum zweiten Mal verzichtete er zuhause auf den Rollstuhl und stakte sich mit den Krücken voran. Die Schnelligkeit, mit der er sich bewegte, zeigte zum Einen seine Ungeduld herauszufinden, welcher Besuch gekommen war, zum Anderen aber auch, wie viel Energie tatsächlich in ihm steckte. Obwohl Ariane Mühe hatte, hinterherzukommen, freute sie sich darüber.

Dem Klang der Stimmen nachgehend, stießen sie im Wohnzimmer auf eine lustige Gruppe. Charles betrat den Raum als Erster. Ein paar Freunde von Trevor saßen oder standen im Raum, während Charles' jüngerer Bruder sich angeregt mit einer hübschen Unbekannten unterhielt, die dicht neben ihm auf einem Sessel saß. Trevor hatte sich auf ihre Armlehne gesetzt, doch es fehlte nicht viel und er wäre der Unbekannten auf den Schoß gerutscht. Er schien ihr etwas zu erklären und gestikulierte dabei wild mit Händen und Armen. Ihr schien es zu gefallen, denn sie lachte herzlich. Auf dem niedrigen Wohnzimmertisch standen zwei Flaschen Champagner sowie zwei Silbertabletts mit einer Vielfalt von Canapés

«Was ist denn hier los?», fragte Charles überrascht. Insgeheim fragte er sich, warum sein Bruder, der sich Monate lang nicht blicken ließ, ausgerechnet heute Freunde einladen musste, wenn er selbst gern *einmal* sturmfreie Bude gehabt hätte. Er kam sich vor wie ein Teenager, der mit seiner Freundin allein sein wollte, aber dessen Eltern vorzeitig aus dem Urlaub zurückgekehrt waren und die schöne Freiheit zu Ende war. Auf der anderen Seite freute er sich darüber, dass sein Bruder zu Besuch war, und über die Gesellschaft. Das Haus war viel zu selten voller fröhlicher Menschen. Es hätte nur nicht gerade *jetzt* sein müssen.

«Ihr wolltet doch segeln gehen?»

Inzwischen war Ariane Charles nachgekommen. Als Gess sie erblickte, sprang sie mit einem Schrei auf, lief auf sie zu und fiel ihr um den Hals.

«Mann! Warum gehst du denn nicht an dein Handy? Ich hab' dich hundert Mal angerufen! Und dir ich weiß nicht wie viele Nachrichten geschickt!»

Glücklicherweise standen sie etwas abseits bei der Tür zum Wohnzimmer. Die meisten nahmen keine Notiz von ihnen. Nur Trevor warf ihnen neugierige Blicke zu, wurde dann aber von Charles abgelenkt.

«Tut mir leid», sagte Ariane schuldbewusst. «Ich bin … noch nicht dazu gekommen.»

«Das sehe ich», flüsterte Gess mit einem bedeutungsvollen Seitenblick zu Charles.

Ariane rollte mit den Augen und hoffte, Gess würde den Wink verstehen, nichts weiter zu sagen. Es war ihr äußerst peinlich. Zudem war sie völlig überrumpelt und nicht sicher, ob sie sich über Gess' Auftauchen freute. «Was machst du hier?»

«Beppo ist weg.»

Sofort überkam Ariane Mitgefühl und sie sah Gess teilnahmsvoll an. «Das tut mir leid. Warum denn?»

«Er ist zurück nach Italien. Sein Onkel will ein Restaurant aufmachen und braucht ihn.»

«Das tut mir echt leid», sagte Ariane und drückte ihre Freundin an sich. «Wie geht es dir?»

Gess löste sich und machte ein komisches Gesicht. «Es war schrecklich. Beppo war zwar auch nicht das Nonplusultra, aber bisher der Beste. Ich dachte, diesmal würde es halten. Besser gesagt, ich *wollte*, dass es endlich hält. Aber dann haut er von einer Sekunde auf die andere ab. Ich hatte gar keine Zeit, mich darauf einzustellen. Deshalb hab' ich es zu Hause nicht mehr ausgehalten. Ich habe dich gestern Abend zigmal angerufen, aber dein Handy war aus. Doch zum Glück bist du ja so akkurat und schreibst mir immer deine Reisedaten auf.» Gess deutete ein Lächeln an. «Da hab' ich spontan Urlaub genommen und bin hergeflogen.»

«Aber, wann war denn das mit Beppo?»

«Gestern.» Gess machte ein beschämtes Gesicht. «Tut mir leid. Ich kann mir denken, was du sagen willst. Ich hätte erst mal allein damit klarkommen sollen. Tut mir leid. Ich bin darin nicht so gut.» Es klang ehrlich bedauernd.

Ariane nahm sie wieder in den Arm. «Ist schon gut.» Obwohl sie es sich sehr gewünscht hätte, mehr Zeit mit Charles allein zu haben, tat ihr Gess leid. Da fing sie einen feurigen Blick von Trevor auf, der ihrer Freundin galt. «Wie ich sehe, hast du keine Zeit verloren», sagte Ariane kopfschüttelnd. Sie begriff nicht, wie Gess das immer machte. Sie musste sich nur umdrehen und hatte schon wieder einen neuen Kandidaten an der Angel.

Gess setzte ein schiefes Grinsen auf und zog die Schultern hoch. «Was soll ich machen?»

Dann gesellten sie sich zu den anderen, wo Trevor nur wenige Sekunden brauchte, um Gess in ein Gespräch zu verwickeln.

«Was war denn mit dem Segeln?», fragte Ariane Charles, wobei es sie am meisten interessierte, warum die Truppe zurückgekommen war. Vor allem jedoch wollte sie einfach mit ihm sprechen.

«Die Yacht, die sie nehmen wollten, war für dieses Wochenende an jemand anderen ausgeliehen worden», sagte Charles. Auch er antwortete nur mit einem Teil seines Verstandes, während er überlegte, wie er sich mit Ariane zurückziehen konnte, ohne dass es jeder sofort durchschaute.

An diesem Tag mussten sie allerdings bis zum späten Abend warten. Überraschenderweise schien das, trotz aller Ungeduld, weder Ariane noch Charles viel auszumachen. Vielleicht lag in der Verzögerung sogar ein besonderer Genuss, der das Herzklopfen und die Vorfreude verstärkte, weil beide wussten, dass der Andere sich auch nach Zweisamkeit sehnte. Sie sahen es in ihren Augen und an ihren Gesten.

Doch sie hatten es nicht eilig. Sie hatten Zeit genug.

Epilog

Zwei Jahre später

Ariane schloss die Tür der Blumenboutique von außen ab und blieb noch einen Moment davor stehen. Vom ersten Augenblick an hatte sie das Häuschen geliebt. Charles hatte es inzwischen für sie renovieren und erweitern lassen. Jetzt hatte sie dort ihr eigenes Reich, in dem sie nach Herzenslust wirtschaften konnte und es mit Erfolg tat. Kaum hatte sie diesen Bereich vor fast zwei Jahren für sich entdeckt, hatte sie angefangen, Buch um Buch dazu zu lesen und im Internet zu recherchieren. In diesem Jahr hatte sie bereits den Blumenschmuck für eine Hochzeit und einen runden Geburtstag bereitgestellt. Und auch die Gartenschau war ein voller Erfolg gewesen. Zwar hatte sie noch keinen Preis gewonnen, doch mehrere Bekannte und Nachbarn hatten ihr Mut gemacht und damit Arianes Ehrgeiz geweckt. Außerdem hatte sie entdeckt, dass auch Kuchen und Marmeladen prämiert wurden.

Sie war deshalb fest entschlossen, an Züchtungen zu arbeiten und überdies mit Kuchen oder gar selbstgekochten Marmeladen teilzunehmen. Dabei musste sie über sich selbst lachen. Wenn ihr früher jemand gesagt hätte, dass sie an regionalen Wettbewerben für Blumen oder Kuchenkunst teilnehmen würde - und ihr das auch noch großen Spaß machte!, hätte sie nur ungläubig den Kopf geschüttelt. Doch so vieles hatte sich geändert – zum Guten.

Vor allem sie selbst hatte sich verändert. Sie war reifer geworden. Mit Charles war sie wirklich erwachsen geworden. Eberhard mochte sie oberflächlich betrachtet zur Frau gemacht haben, doch sie war es noch nicht in ihrem Inneren, mit ihrem Herzen gewesen. Es war kein Vergleich zu dem Leben an der Seite eines richtigen Mannes. Mit Charles führte sie eine wirklich erfüllende und lebendige Beziehung. Er las ihr jeden Wunsch von den Augen ab und sie hätte nie gedacht, dass es tatsächlich Männer gab, die *so* waren. Er war einfach unglaublich. Und er war *alles* für sie. Ein wunderbarer Partner, ein aufmerksamer Liebhaber und ihr bester

Freund. Er konnte gut zuhören, war zärtlich und ständig an ihrem Wohlergehen interessiert. Sehr oft sah er im Voraus, was sie zu brauchen schien und stellte es für sie bereit. Natürlich war es nicht immer nur harmonisch, da Charles in mancherlei Hinsicht auch ein harter Brocken war, doch mit ihm fühlte sich alles richtig an und sie war ihm von Herzen verbunden. Über Charles konnte Ariane mit Sicherheit sagen: *Er ist der Richtige.*

Langsam kehrte sie zum Herrenhaus zurück. Die letzten Wochen hatten sie angestrengt, was auch an ihrem Zustand lag. Deshalb sah sie jetzt dankbar der kommenden Pause entgegen. Und dem verlängerten Wochenende mit Gess und Trevor, die ihren Besuch angekündigt hatten.

Wer hätte gedacht, dass Gess mal eine Beziehung haben würde, die über ein Jahr dauerte?

Doch Ariane freute sich ehrlich für ihre Freundin. Denn es schien gut zu laufen zwischen den beiden. Gess zuliebe hatte Trevor sogar sein Studium nach Deutschland verlagert und ehrgeizig Deutsch gelernt. Wo sie auf Dauer bleiben wollten, hatten sie noch nicht entschieden. Die beiden Freundinnen hielten Kontakt, so gut es ging. (Wobei Gess erstaunlich selbständig geworden war, seit sie Trevor kannte.)

Und sie selbst?

Ariane ging auf in ihrem Engagement mit der Blumenboutique und in den neuen und herzlichen Kontakten zu einigen Nachbarn. Über das Internet hatte sie drei Englischkurse in Folge absolviert und fühlte sich inzwischen recht sicher im Umgang mit Einheimischen. Einige Male war sie in Paignton gewesen und hatte Eliza besucht, mit der sie sich gut verstand. Und mit Charles unternahm sie regelmäßig Ausflüge und kurze Reisen, darunter vier Mal nach Deutschland.

Die Krücken brauchte er schon lange nicht mehr. Seit einem knappen Jahr fuhr er auch wieder selbst Auto. Und er hatte sich einen Online-Anwaltservice aufgebaut, der ganz gut lief, beschäftigte sich in letzter Zeit aber eher mit dem Thema Pferdezucht.

Irgendwie sind wir alle am Suchen, dachte Ariane. Aber das ist wohl die Essenz des Lebens.

Der Weg machte eine Biegung und gab den Blick aufs Haus frei. Charles wartete sicher schon. Zärtlich strich sich Ariane über den gewölbten Bauch. Bald war es soweit. Dann wären sie nicht mehr nur zu zweit.
Mr und Ms Livingston und …?
Ariane lächelte überglücklich. Sie war in ihrem Glück gelandet.